SOBRE VIVEN TES

ALEX SCHULMAN

SOBREVIVENTES

Traduzido do inglês por
Ana Ban

1ª edição

Rio de Janeiro-RJ / São Paulo-SP, 2023

VERUS
EDITORA

Copidesque
Lígia Alves

Revisão
Cleide Salme

Título original
The Survivors

ISBN: 978-65-5924-117-0

Copyright © Alex Schulman, 2020
Publicado originalmente em sueco por Albert Bonniers Förlag em 2020.
Edição publicada mediante acordo com Ahlander Agency.

Tradução original em língua inglesa © Rachel Willson-Broyles, 2021

Tradução © Verus Editora, 2023
Direitos reservados em língua portuguesa, no Brasil, por Verus Editora. Nenhuma parte desta obra pode ser reproduzida ou transmitida por qualquer forma e/ou quaisquer meios (eletrônico ou mecânico, incluindo fotocópia e gravação) ou arquivada em qualquer sistema ou banco de dados sem permissão escrita da editora.

Verus Editora Ltda.
Rua Argentina, 171, São Cristóvão, Rio de Janeiro/RJ, 20921-380
www.veruseditora.com.br

CIP-BRASIL. CATALOGAÇÃO NA FONTE
SINDICATO NACIONAL DOS EDITORES DE LIVROS, RJ

S416s

Schulman, Alex
  Sobreviventes / Alex Schulman ; [tradução Ana Ban]. - 1. ed. - Rio de Janeiro : Verus, 2023.

  Tradução de: The survivors
  ISBN 978-65-5924-117-0

  1. Ficção sueca. I. Ban, Ana. II. Título.

22-80237   CDD: 839.73
             CDU: 82-31(485)

Gabriela Faray Ferreira Lopes - Bibliotecária - CRB-7/6643

Revisado conforme o novo acordo ortográfico.

Seja um leitor preferencial Record.
Cadastre-se no site www.record.com.br e receba informações sobre nossos lançamentos e nossas promoções.

Atendimento e venda direta ao leitor:
sac@record.com.br

Para Calle e Niklas

1

A CASINHA

| 1 |

23h59

Um carro de polícia vai atravessando devagar a folhagem azulada, descendo pela trilha estreita que leva até a propriedade. Lá está a casinha, solitária na ponta de terra, na noite de junho que nunca será escura por completo. É uma casinha simples de madeira, vermelha, com proporções estranhas, um pouco mais alta do que deveria ser. Os detalhes brancos estão descascando, e a cobertura da parede voltada para o sul desbotou com o sol. As telhas se juntaram como se formassem a pele de uma criatura pré-histórica. O ar está parado e agora faz um pouco de frio; a neblina vai se acumulando na parte de baixo das vidraças. Uma única luz amarela forte brilha de uma das janelas no andar de cima.

Descendo a encosta fica o lago, imóvel e reluzente, ladeado por bétulas que se estendem até a beira d'água. E a sauna em que os meninos passavam as noites de verão com o pai, seguindo depois a passos trôpegos para o lago, sobre as pedras pontudas, caminhando em fila, equilibrando-se com os braços estendidos, como se tivessem sido crucificados.

— A água está boa! — o pai gritava depois de se jogar, e o grito dele reverberava até o outro lado do lago, e o silêncio que se seguia não existia em nenhum outro lugar além dali, um lugar tão longe de tudo, um silêncio que às vezes amedrontava Benjamin, mas às vezes o fazia sentir que todas as coisas estavam escutando.

Mais adiante ao longo da margem há uma casa de barcos; a madeira está apodrecendo e a estrutura toda começou a se inclinar na direção da água. E acima fica o galpão, com suas vigas perfuradas por milhões de buracos de cupim e vestígios de esterco de setenta anos no chão de cimento. Entre o galpão e a casa fica o gramadinho em que os meninos jogavam futebol. O terreno tem um declive ali; quem estiver jogando de costas para o lago tem uma batalha encosta acima a vencer.

Esse é o palco, assim como descrito, algumas pequenas construções em uma extensão de grama com a floresta por trás e a água pela frente. Um local inacessível. Tão solitário agora quanto foi em anos passados. Se você se colocasse no ponto mais extremo e olhasse ao redor, não veria vestígio de vida humana em lugar algum. Era bem raro escutarem um carro passando na estrada de cascalho do outro lado do lago, o som distante de um motor em marcha lenta; em dias secos de verão, conseguiam enxergar a nuvem de fumaça que se erguia da floresta logo além. Mas nunca viam ninguém; estavam sozinhos naquele lugar de onde nunca saíam e que ninguém nunca visitava. Uma vez viram um caçador. Os meninos estavam brincando na floresta e, de repente, lá estava ele. Um homem de cabelo branco vestido de verde, a vinte metros de distância, esgueirando-se em silêncio por entre os ciprestes. Quando passou, olhou sem expressão para os meninos, levou o dedo indicador aos lábios e então continuou andando entre as árvores até desaparecer. Nunca houve uma explicação: era como se tivesse sido um meteoro misterioso que passou perto, mas cruzou o céu sem fazer contato. Os meninos nunca falaram sobre aquilo, e Benjamin às vezes ficava imaginando se tinha mesmo acontecido.

Duas horas se passaram desde o crepúsculo. O carro de polícia avança incerto pela trilha estreita. O olhar ansioso do motorista se fixa logo além do capô, tentando ver que tipo de coisas ele está atropelando enquanto desce a colina, e ele não consegue enxergar o topo das árvores nem quando se inclina por sobre o volante e olha para cima. As árvores que envolvem a casa são incríveis. Enormes quando os meninos eram pequenos, agora se estendem a trinta e até quarenta e cinco metros no ar. O pai deles sempre tivera orgulho do solo fértil dali, como se fosse obra dele. Enfiava brotos de nabo na terra no começo de junho e, depois de apenas algumas semanas, arrastava as crianças até a horta para mostrar as fileiras de pontinhos vermelhos que se erguiam do solo. Mas não dá para confiar no terreno fértil ao redor da casinha; aqui e ali, a terra é completamente morta. A macieira que o pai deu à mãe no aniversário dela ainda está em pé no lugar em que ele a plantou faz um tempão, mas nunca cresce e não dá fruta. Em certos pontos, o solo não tem pedras, é preto e pesado. Em outros, o leito de pedra fica logo abaixo da grama. O pai, quando instalou uma cerca para as galinhas, enfiava o perfurador na terra: às vezes entrava suave e direto através da grama carregada de chuva, outras vezes emperrava logo abaixo da camada superficial e ele soltava um grito, suas mãos vibrando com a resistência da pedra.

O POLICIAL DESCE DO carro. Os movimentos dele são ensaiados quando se apressa em abaixar o volume, abafando o tagarelar estranho do aparelho que carrega no ombro. É um homem grande. As ferramentas surradas e de um preto fosco penduradas na cintura o fazem parecer, de algum modo, uma pessoa que tem os pés no chão: o peso o empurra para a crosta terrestre.

Luzes azuis em meio às árvores altas.

Há algo naquelas luzes, as montanhas azulando do outro lado do lago e as luzes azuis do carro de polícia... como uma pintura a óleo.

O policial caminha na direção da casa e para. De repente ele fica inseguro e se detém um momento para observar a cena. Os três homens estão sentados lado a lado nos degraus de pedra que levam à porta da frente da casinha. Estão chorando e se abraçando. Estão vestidos com terno e gravata. Ao lado deles, na grama, há uma urna. Ele olha nos olhos de um dos homens, que se levanta. Os outros dois continuam no chão, ainda abraçados. Estão molhados e parecem ter levado a maior surra, e ele entende por que uma ambulância foi chamada.

— Meu nome é Benjamin. Fui eu que liguei.

O policial apalpa os bolsos em busca de um bloco de anotações. Ele ainda não sabe que essa história não pode ser escrita em uma ou duas páginas em branco, que ele está entrando no fim de uma história que se estendeu por décadas, uma história de três irmãos que foram arrancados deste lugar há muito tempo e agora se viram forçados a voltar, que tudo aqui está interconectado, que nada se sustenta por si só nem pode ser explicado sozinho. O peso do que está acontecendo neste momento é enorme, mas, claro, a maior parte já aconteceu. O que está se passando aqui, nestes degraus de pedra, as lágrimas dos três irmãos, o rosto inchado e todo aquele sangue, é apenas a última ondulação na água, a mais distante, aquela localizada mais longe do ponto de impacto.

| 2 |

A competição de natação

Todas as noites, Benjamin parava à beira d'água com uma rede e um balde, logo acima do barranquinho em que a mãe e o pai ficavam sentados. Eles seguiam o sol da noite, movendo a mesa e as cadeiras uns poucos palmos sempre que ficavam na sombra, avançando devagar à medida que a noite acontecia. Embaixo da mesa ficava Molly, a cachorra, observando surpresa enquanto seu telhado desaparecia, depois seguindo a estrutura em sua jornada ao longo da margem. Logo os pais dele estavam na última parada, observando o sol afundar lentamente atrás da copa das árvores além do lago. Eles sempre se sentavam lado a lado, ombro a ombro, porque os dois queriam olhar para a água. Cadeiras brancas de plástico fincadas na grama alta, uma mesinha torta de madeira em que os copos de cerveja com marcas de dedo reluziam à luz do sol da noite. Uma tábua de corte com a ponta de um salame húngaro, mortadela e nabos. Uma sacola térmica na grama entre eles para manter a vodca gelada. Cada vez que o pai ia tomar uma dose soltava um "Ei!" bem rapidinho, erguia o copo na direção do nada e bebia. O pai cortou o salame e fez a mesa balançar, com a cerveja se agitando dentro dos copos, e a mãe se irritou imediatamente: ela fez uma careta enquanto segurava o copo no alto, esperando que ele terminasse. O pai nunca reparava em nada disso, mas Benjamin reparava. Ele tomava nota de cada mudança; sempre mantinha distância suficiente para dar a eles paz e sossego, mas continuava acompanhando a conversa dos dois, ficava de olho na atmosfera e no humor deles. Ele ouviu os murmúrios simpáticos, os talheres batendo na porcelana, o som de um cigarro sendo acesso, uma sequência de sons que sugeriam que tudo estava bem entre eles.

Benjamin caminhou ao longo da margem com a rede. Olhando para a água escura, ele de vez em quando encarava o reflexo do sol, e seus olhos doíam como se tivessem explodido. Ele se equilibrava em pedras grandes, inspecionando o fundo em busca de girinos, aquelas criaturas estranhas, minúsculas e escuras, vírgulas que nadavam lânguidas. Recolheu alguns com a rede e os fez prisioneiros no balde vermelho. Era uma tradição. Ele juntava girinos perto da mãe e do pai como fachada, e, quando o sol se punha e os pais se levantavam e voltavam para a casa, ele devolvia os girinos para a água e ia atrás deles. Então começava tudo de novo na noite seguinte. Uma vez ele esqueceu os girinos no balde. Quando os descobriu na tarde seguinte, estavam todos mortos, obliterados pelo calor do sol. Tomado pelo pavor de que o pai descobrisse, ele jogou o conteúdo do balde no lago e, apesar de saber que o pai estava descansando na casinha, parecia que os olhos dele perfuravam a nuca de Benjamin.

— Mãe!

Benjamin ergueu os olhos para a casa e viu o irmão mais novo descendo a colina. Dava para perceber a impaciência dele. Ali não era lugar para uma pessoa inquieta. Principalmente não neste ano: quando chegaram, na semana anterior, os pais tinham resolvido que passariam o verão todo sem assistir à televisão. As crianças foram informadas disso em tom solene, e Pierre principalmente não aceitou bem quando o pai tirou a TV da tomada e colocou a ponta do fio com muita cerimônia em cima do aparelho, como acontece depois de uma execução pública em que o corpo é deixado lá pendurado como aviso, para que todos se lembrassem do que aconteceria com a tecnologia que ameaçasse a decisão da família de passar o verão ao ar livre.

Pierre tinha seus gibis, que lia devagar e em voz alta para si mesmo, resmungando, deitado de barriga para baixo na grama. Mas ele acabava entediado e se dirigia aos pais, e Benjamin sabia que as reações deles podiam variar; às vezes você recebia permissão para subir no colo da mãe e ela acariciava suas costas com carinho. Outras vezes, os pais se irritavam e o momento se perdia.

— Eu não tenho nada para fazer — Pierre disse.

— Não quer caçar girino com o Benjamin? — a mãe perguntou.

— Não — ele respondeu. Estava parado atrás da cadeira da mãe, com os olhos apertados na direção do sol, que se punha.

— Bom, e o Nils, vocês não podem fazer alguma coisa juntos?

— Tipo o quê?

Silêncio. Lá estavam eles, a mãe e o pai, de algum modo exaustos, desabados em suas cadeiras de plástico, pesados de álcool. Olhavam para o lago. Parecia que estavam tentando pensar em algo a dizer, atividades a sugerir, mas nenhuma palavra foi proferida.

— Ei — o pai murmurou e virou uma dose de vodca, depois fez uma careta e bateu palmas com força três vezes. — Muito bem, então — ele exclamou. — Quero ver todos os meus meninos aqui, de calção de banho, em dois minutos!

Benjamin ergueu os olhos e deu alguns passos para longe da beira d'água. Largou a rede na grama.

— Meninos! — o pai chamou. — Todos aqui!

Nils estava escutando seu walkman na rede pendurada entre duas bétulas perto da casa. Enquanto Benjamin prestava muita atenção aos sons da família, Nils os abafava. Benjamin sempre tentava se aproximar dos pais; Nils queria se afastar. Ele geralmente estava em outro aposento, não se juntava. Na hora de dormir, os irmãos às vezes ouviam os pais discutindo através da parede fina de compensado. Benjamin registrava cada palavra, avaliava a conversa para ver que problemas aquilo traria. Às vezes eles gritavam crueldades inconcebíveis um para o outro, diziam coisas tão brutais que parecia uma situação irreparável. Benjamin ficava acordado durante horas, repassando a discussão na cabeça. Mas Nils parecia de fato inabalado.

— Casa de loucos — ele murmurava à medida que a discussão ia ganhando força, então virava para o lado e caía no sono. Ele não se importava, ficava na dele durante o dia, não causava muita confusão, tirando arroubos repentinos de raiva que explodiam e voltavam a desaparecer.

— Porra! — podiam ouvir vindo da rede enquanto Nils começava a se agitar e abanar as mãos, histérico, para espantar uma vespa que tinha chegado perto demais. — Lunáticas malucas da porra! — ele urrava, dando socos no ar algumas vezes. Depois a calma voltava a se instalar.

— Nils! — o pai chamou. — Vá para a margem do lago!

— Ele não está ouvindo — a mãe disse. — Está escutando música.

O pai berrou mais alto. Nenhuma reação da rede. A mãe suspirou, levantou-se e foi apressada até Nils, agitando os braços na frente do rosto dele. Ele tirou os fones de ouvido.

— O seu pai está chamando — ela avisou.

Todos juntos à margem do lago. Era um momento precioso. O pai com aquele brilho especial nos olhos que os irmãos adoravam, uma faísca que prometia diversão e brincadeira, e sempre o mesmo tom na voz dele quando estava prestes a apresentar uma nova competição, uma solenidade grave com um sorriso escondido nos cantos da boca. Cerimonioso e formal, como se algo importante estivesse em jogo.

— As regras são simples — ele disse, avultando-se na frente dos três irmãos onde estavam parados, com as pernas magricelas à mostra por baixo do calção de banho. — Quando eu der o sinal, os meus meninos vão pular na água, dar a volta na boia que está ali e voltar para terra firme. E o primeiro que chegar ganha.

Os meninos se alinharam.

— Todo mundo entendeu? — ele perguntou. — É agora... o momento em que nós vamos descobrir qual irmão é o mais rápido!

Benjamin bateu nas coxas, como tinha visto atletas fazerem antes de competições importantes na TV.

— Esperem aí. — O pai tirou o relógio do pulso. — Vou marcar o tempo.

Os polegares grandes do pai cutucaram os botõezinhos do relógio digital, e ele xingou baixinho ao não conseguir fazer funcionar. Ergueu os olhos.

— Às suas marcas.

Benjamin e Pierre trocaram breves empurrões em busca da melhor posição de partida.

— Não, parem — o pai repreendeu. — Não quero saber disso.

— Então vamos deixar pra lá — a mãe disse. Ela ainda estava à mesa, voltava a encher o copo.

Os irmãos tinham sete, nove e treze anos, e, quando jogavam futebol ou cartas juntos nesses dias, às vezes brigavam tanto que Benjamin sentia como se algo entre eles estivesse se rompendo. Tudo ficava ainda mais sério quando o pai fazia os irmãos competirem uns contra os outros, quando deixava tão claro que queria saber qual dos filhos era melhor em algo.

— Às suas marcas... preparar... foi dada a largada!

Benjamin disparou para o lago com os dois irmãos em seus calcanhares. Para dentro da água. Ouviu gritos atrás de si, a mãe e o pai torcendo da margem.

— Muito bem!

— Vamos lá!

Alguns passos rápidos e as pedras pontudas desapareceram embaixo dele. A enseada tinha aquela friagem de junho, e um pouco mais adiante havia as faixas esquisitas de água ainda mais fria que iam e vinham como se o lago fosse um ser vivo que queria testá-lo com tipos diferentes de frio. A boia de isopor branco estava imóvel na superfície espelhada à frente deles. Os irmãos a tinham instalado algumas horas antes, quando jogaram as redes com o pai. Mas Benjamin não se lembrava de que ela ficava assim tão longe. Nadavam em silêncio para conservar a energia. Três cabeças na água escura, os gritos da praia se esvaindo com a distância. Depois de um tempo, o sol desapareceu atrás das árvores do outro lado. A luz foi ficando fraca; de repente estavam nadando em um lago diferente. Sem aviso, Benjamin achou a água estranha. De súbito, ele estava ciente de tudo que acontecia abaixo dele, as criaturas nas profundezas que talvez não o quisessem ali. Pensou em todas as vezes que ficara sentado no barco com os irmãos enquanto o pai tirava peixes da rede e jogava no fundo da embarcação. E os irmãos se curvavam para ver as pequenas presas afiadas como navalha do lúcio, as nadadeiras pontudas da perca. Um dos peixes se agitou e os meninos se sobressaltaram e gritaram, e o pai, assustado com os berros repentinos, gritou também, alarmado. Então a calma retornou e ele murmurou enquanto recolhia as redes:

— Vocês não podem ter medo de peixe.

Agora Benjamin pensava nessas criaturas nadando bem ao lado dele, ou logo abaixo, escondidas pela água turva. A boia branca, de repente rosada ao pôr do sol, ainda estava longe.

Depois de alguns minutos nadando, a configuração do início tinha se espalhado: Nils estava bem à frente de Benjamin, que tinha deixado Pierre para trás. Mas, quando a escuridão caiu e o frio começou a arder nas coxas deles, os irmãos voltaram a se aproximar. Logo estavam nadando em uma formação próxima. Talvez não fosse consciente, e talvez eles jamais admitissem uns aos outros, mas não deixariam ninguém para trás na água.

A cabeça deles afundava mais perto da superfície. O alcance dos braços ficou mais curto. No começo a água fazia espuma com as braçadas dos irmãos, mas agora o lago estava calmo. Quando chegaram à boia, Benjamin se virou para trás para olhar a casinha. A casa parecia um bloco vermelho de Lego a distância. Só então ele se deu conta de como a viagem de volta seria longa.

A exaustão bateu, vinda do nada. Ele não conseguia erguer os braços de tanto ácido lático. Ficou tão surpreso que pareceu de repente ter esquecido como mover as pernas. Um calafrio irradiou da nuca para a cabeça. Ele era capaz de ouvir a própria respiração, como estava ficando mais curta e mais difícil, e uma percepção congelante encheu seu peito: ele não conseguiria voltar à margem. Viu Nils esticar o pescoço para não encher a boca de água.

— Nils — Benjamin disse. Nils não reagiu, só continuou nadando com os olhos no céu. Benjamin se aproximou do irmão mais velho e eles ofegaram na cara um do outro. Os olhos dos dois se encontraram e Benjamin viu um medo que não reconheceu no olhar do irmão. — Está tudo bem? — Benjamin perguntou.

— Não sei... — ele ofegou. — Não sei se consigo.

Nils alcançou a boia e se agarrou a ela com ambas as mãos para flutuar com sua ajuda, mas ela não aguentou o peso dele e afundou na escuridão do lago. Ele olhou na direção da terra firme.

— Não consigo — Nils balbuciou. — Está longe demais.

Benjamin examinou a memória em busca do que tinha aprendido nas aulas de natação, durante os longos sermões do instrutor em relação à segurança na água.

— Precisamos ficar calmos — ele disse a Nils. — Dar braçadas mais longas, respirar mais fundo.

Ele olhou para Pierre.

— Como você está? — perguntou.
— Estou com medo.
— Eu também — Benjamin respondeu.
— Eu não quero morrer! — Pierre exclamou. Seus olhos úmidos estavam logo acima da superfície.
— Venha aqui — Benjamin chamou. — Fique do meu lado. — Os três irmãos se aproximaram na água. — Nós vamos ajudar uns aos outros.
Nadaram lado a lado na direção da casa.
— Braçadas longas — Benjamin lembrou. — Vamos dar braçadas longas juntos.
Pierre tinha parado de chorar e agora nadava determinado ao lado deles. Depois de um tempo, encontraram um ritmo comum, davam braçadas em comum, inspiravam e expiravam, respirações longas.
Benjamin olhou para Pierre e deu risada.
— Os seus lábios estão azuis.
— Os seus também.
Trocaram sorrisinhos rápidos. E voltaram a se concentrar. Cabeça acima da superfície. Braçadas longas.
Benjamin viu a casinha a distância, e também o campinho com a grama irregular onde ele jogava futebol com Pierre todos os dias. O celeiro subterrâneo e os arbustos de frutinhas à esquerda, aonde iam à tarde para colher framboesas e groselhas e voltavam com arranhões brancos por toda a pele das pernas bronzeadas. E atrás disso tudo se erguiam os pinheiros, escuros contra o crepúsculo.
Os irmãos se aproximaram da margem.
Quando estavam a apenas quinze metros, Nils acelerou, arrastando-se enlouquecido. Benjamin amaldiçoou sua surpresa

lenta e disparou atrás do irmão. De repente o lago não estava mais tranquilo, com a intensificação da batalha feroz dos irmãos para alcançar a margem. Pierre logo ficou para trás, sem esperança. Nils estava uma braçada à frente de Benjamin quando chegaram à terra firme, e eles correram colina acima lado a lado. Benjamin puxou o braço de Nils para passar, e Nils se desvencilhou com uma fúria que deixou Benjamin chocado. Chegaram ao pátio. Olharam ao redor.

Benjamin deu alguns passos na direção da casa e espiou através de uma das janelas. E, ali, teve um vislumbre da silhueta do pai. Suas costas largas estavam debruçadas por cima da louça.

— Eles entraram — Benjamin disse.

Nils estava parado com as mãos nos joelhos, recuperando o fôlego.

Pierre subiu a colina arfando. O olhar confuso dele se dirigiu à mesa vazia. Estavam ali parados, perdidos, os irmãos. Três respirações ansiosas arfando no silêncio.

| 3 |

22 horas

Nils empurra a urna com toda a força para cima do irmão. Pierre não está pronto para ela e o objeto bate no peito dele. Pelo barulho, Benjamin sabe imediatamente que algo se quebrou dentro do corpo de Pierre. Uma costela ou o esterno. Benjamin sempre foi capaz de enxergar três passos adiante de todas as outras pessoas. Ele era capaz de prever conflitos entre os familiares muito antes de acontecerem. Desde o primeiro momento de irritação, tão sutil que mal chegava a existir, ele sabia como a discussão começaria e como terminaria. Mas isto é diferente. A partir deste momento, quando algo se quebra no peito de Pierre, ele não sabe mais nada. Tudo que está começando agora é território não mapeado. Pierre está estirado na água rasa e segura o peito. Nils se apressa até ele:

— Está tudo bem?

Ele se abaixa para ajudar o irmão a se levantar. Está assustado. Pierre chuta as canelas de Nils para que ele caia na margem cheia de pedras. Então Pierre se joga em cima do irmão mais velho; os dois rolam de um lado para o outro, dando socos em rostos e peitos e ombros. E, o tempo todo, eles ficam falando. Benjamin considera a cena surreal, quase fantástica, o jeito como eles conversam até enquanto estão tentando se matar.

Benjamin recolhe a urna, que caiu pelo barranco. A tampa abriu, e um pouco das cinzas se espalhou pela areia. A cor dos restos de esqueleto é cinzenta, pendendo para o roxo, e ele tem uma reação muito breve ao recolher a urna e voltar a colocar a tampa; não era assim que ele imaginava as cinzas da mãe. Ele segura a urna com ambas as mãos, dá alguns passos atrás, fica rígido ao se colocar de frente para a briga dos irmãos. Paralisado nos bastidores, como era sempre o caso no passado. Ele observa os socos desajeitados, a inépcia deles. Em qualquer outro dia, Pierre deixaria o irmão coberto de hematomas. Ele entra em brigas desde a adolescência. Lembranças do tempo de escola, quando Benjamin atravessava o pátio e via garotos se reunindo para assistir a uma briga, e entre os casacos acolchoados Benjamin via o irmão debruçado por cima de alguém e se apressava, sem nunca querer assistir ao irmão desferindo soco após soco, apesar de o oponente não estar mais se mexendo, parecer sem vida. Pierre sabe brigar, mas aqui, à beira d'água, os dois se igualam, porque ele está com uma costela trincada e mal consegue ficar em pé. A maior parte dos golpes entre os irmãos só encontra o ar, ou não acerta exatamente, ou é bloqueada por mãos e braços. Mas alguns dos ataques são devastadores. Pierre acerta Nils no olho, e imediatamente Benjamin vê o sangue escorrer pela bochecha e pelo pescoço dele. Nils dá uma cotovelada em Pierre e o barulho é de ter quebrado o nariz. Nils puxa o cabelo de Pierre e, quando finalmente solta, tufos de fios se dependuram entre seus dedos. Depois de um tempo, eles se cansam. Durante um instante, parece que nenhum dos dois tem força para continuar. Estão sentados à beira d'água, alguns metros os separam, eles se entreolham. E então começam tudo de novo. A coisa é lenta e arrastada; eles querem se matar, mas não parecem estar com pressa.

E continuam falando.

Nils mira um chute no irmão, mas erra o alvo e perde o equilíbrio. Pierre recua e pega uma pedra da praia, que joga em Nils. A pedra passa assobiando, mas Pierre pega outra e lança, e desta vez ela acerta Nils no queixo. Mais sangue. Benjamin recua, incerto, e sobe o barranco, segurando a urna com tanta força que seus dedos ficam brancos. Ele se vira para trás e sai caminhando na direção da casa. Entra, vai para a cozinha e encontra seu telefone. Liga para a emergência.

— Os meus irmãos estão brigando — ele diz. — Acho que vão se espancar até morrerem.

— O senhor pode intervir? — pergunta a mulher ao telefone.

— Não.

— Por que não? Está machucado?

— Não, não...

— Por que não pode intervir?

Benjamin aperta o telefone com firmeza no ouvido. Por que ele não pode intervir? Ele olha através da janela. Enxerga todos os pequenos cenários de sua infância. Esta paisagem foi onde tudo começou, e foi onde acabou. Ele não pode intervir porque encalhou aqui faz um tempão e não conseguiu mais avançar. Ele ainda tem nove anos, e os homens brigando lá embaixo são adultos, os irmãos que continuaram vivendo.

Ele enxerga a silhueta dos dois, tentando se matar. Não é um desfecho que valha a pena, mas talvez também não seja surpresa. De que outro jeito poderiam ter esperado que isso acabasse? O que achavam que ia acontecer quando finalmente voltassem ao lugar de onde tinham passado a vida tentando fugir? Agora, seus irmãos estão brigando com água pelo joelho. Benjamin observa enquanto Pierre empurra Nils para baixo da superfície. Ele fica ali, não se levanta, e Pierre não tenta ajudar.

Um pensamento passa por Benjamin: Eles vão morrer ali.

E ele larga o telefone e corre. Dispara para fora e desce os degraus de pedra — o caminho para o lago está em sua memória muscular; ele ainda é capaz de se desviar de cada obstáculo, então, mesmo em alta velocidade, evita cada raiz protuberante, salta por cima de cada pedra cortante. Ele está correndo através de sua infância. Passa pelo lugar onde os pais sempre se sentavam no último solzinho da noite, antes de se pôr atrás do lago. Percorre o caminho passando pela muralha de floresta que se ergue ao leste, passa pela casa de barcos. Ele corre. Quando foi a última vez que fez isso? Não se lembra. Ele viveu sua vida adulta em um impasse, como se dentro de parênteses, e agora, quando sente o coração batendo dentro do peito, é preenchido por uma estranha euforia ao descobrir que é capaz de correr, que tem a energia para isso ou, talvez, acima de tudo: que tem vontade de fazer isso. Ele tira força do fato de que algo finalmente o está obrigando a entrar em ação. E ele salta por cima da pequena beirada onde pegava girinos quando era criança e se joga na água. Agarra os irmãos e se prepara para separá-los, mas logo percebe que não há necessidade. Eles pararam de brigar. E estão parados perto um do outro com água até a cintura, alguns metros para dentro do lago. Estão se encarando. O cabelo escuro é parecido, eles têm olhos idênticos, do mesmo tom de castanho. Eles não falam. O lago está silencioso. Só o som dos três irmãos chorando.

Nos degraus, eles inspecionam os ferimentos um do outro. Não pedem desculpas, porque não sabem como, porque ninguém nunca ensinou isso a eles. Com cuidado, apalpam o corpo um do outro, dão batidinhas leves nos cortes, apertam testa contra testa. Os três irmãos se abraçam.

Através do silêncio maçante e úmido do verão, Benjamin de repente escuta um motor de carro na floresta acima deles. Dá uma olhada na encosta. Um carro de polícia vai atravessando devagar a folhagem azulada, descendo pela trilha estreita que leva até a propriedade. Lá está a casinha, solitária na ponta de terra, na noite de junho que nunca será escura por completo.

| 4 |

A coluna de fumaça

A mãe e o pai se levantaram depois do almoço no pátio. O pai juntou os pratos e empilhou os copos. A mãe levou o vinho branco para a cozinha e se apressou em colocar a garrafa na geladeira. Sinais de vida no banheiro depois disso: a bomba d'água uivou algumas vezes. O pai cuspiu com força na pia. Então marcharam para o andar de cima, os passos pesados. Benjamin ouviu a porta do quarto se fechar, e o silêncio se fez.

Chamavam aquilo da "sesta" deles. Nada de estranho a esse respeito, tinham informado às crianças: os espanhóis faziam isso o tempo todo. Uma hora de soneca depois do almoço para encarar a tarde com frescor e bem alertas. Para Benjamin, era uma longa hora de nada, seguida pela meia hora peculiar em que a mãe e o pai cambaleavam de volta ao pátio e se sentavam em silêncio e combustíveis em suas cadeiras de plástico. Como regra, Benjamin ficava longe nessa hora, deixando que eles acordassem em paz, mas logo ele se aproximava dos pais, e os irmãos faziam o mesmo, vindos de partes diferentes do pátio, porque de vez em quando, depois da sesta, a mãe lia em voz alta para as crianças. Em uma manta estendida no gramado, se o tempo estivesse bom, ou no banco da cozinha na frente do fogo, se estivesse chovendo, as crianças ficavam em silêncio e escutavam enquanto ela lia os antigos clássicos, os livros que ela achava que as crianças deviam conhecer. E só existia a voz da mãe, não havia nada mais, e ela passava a mão livre pelo cabelo de um dos meninos, e, quanto mais esse momento durava, mais eles se aproximavam da mãe, até que finalmente era como se todos estivessem unidos, não dava para saber onde uma criança terminava e a outra começava. Quando ela chegava ao fim de um capítulo, fechava o livro fazendo as páginas baterem bem na frente do nariz deles, e eles todos soltavam gritinhos de alegria.

Benjamin se sentou nos degraus de pedra. Tinha uma longa espera pela frente. Baixou os olhos para suas pernas de verão raladas, viu as picadas de mosquito nas canelas, sentiu o cheiro da pele bronzeada de sol e do antisséptico que o pai tinha passado em seus pés para tratar as queimaduras de urtiga. O coração dele bateu mais forte, apesar de ele não estar se mexendo. Não era tédio que ele sentia; era algo diferente, mais difícil de explicar. Estava triste sem saber bem por quê. Ele olhou para a encosta plácida perto do lago, a campina desbotada, castigada pelo sol. E sentiu tudo a seu redor falhar. Parecia que uma redoma tinha sido baixada em cima da ponta de terra. Os olhos dele seguiram uma vespa que rodeava, ansiosa, uma tigela de molho de creme deixada sobre a mesa. A vespa era pesada e irracional e estava com problemas, parecia que suas asas batiam cada vez mais devagar, com cada vez mais esforço, e então chegou muito perto do molho e ficou presa. Benjamin acompanhou sua luta para se soltar, mas, pouco a pouco, seus movimentos foram ficando mais lentos, até que, finalmente, pararam. Ele ficou escutando o canto dos passarinhos, de repente estranho; era como se os passarinhos estivessem cantando mais devagar, em meia velocidade. Então ficaram em silêncio. Benjamin sentiu o pavor percorrer seu corpo. Será que o tempo tinha parado? Ele bateu palmas cinco vezes, como costumava fazer para voltar a si.

— Oi! — gritou para o ar. Ele se levantou, bateu palmas de novo, cinco vezes, com tanta força que a pele das mãos ardeu.

— O que você está fazendo?

Pierre estava parado perto do lago e olhava para ele.

— Nada — Benjamin respondeu.

— Quer ir pescar?

— Tudo bem.

Benjamin foi até o hall de entrada para pegar as botas. Então deu a volta na casinha e apanhou a vara de pesca que estava encostada na parede.

— Eu sei onde tem minhoca — Pierre disse.

Foram para trás do galpão, onde o solo era úmido. Reviraram duas pás cheias de terra e de repente o solo brilhou com tantas minhocas. Os irmãos as tiraram da terra e as juntaram em um pote, onde ficaram estiradas, lânguidas, despreocupadas com o cativeiro. Pierre sacudiu o pote, virou para acordá-las, mas pareciam aceitar tudo que recaía sobre elas — até a morte, porque, quando Benjamin as colocou no anzol perto do lago, elas não protestaram, mas permitiram ser perfuradas pelo metal.

Eles se revezavam segurando a vara. A pequena boia era vermelha e branca e se destacava com clareza contra a água escura, menos quando sumia nos pontos de sol na superfície. Ao longo da margem as irmãs Larsson se aproximaram, as três galinhas do sítio, em grupo, mas cada uma cuidando da própria vida, ciscando de maneira aleatória no solo, aqui e ali, cacarejando baixinho. Benjamin sempre se sentia pouco à vontade quando elas chegavam perto, porque não havia lógica para aquele comportamento. Ele se sentia ansioso, como se qualquer coisa pudesse acontecer, igual a quando um bêbado de repente falava com você na praça. Além do mais, o pai tinha dito que uma delas era cega e podia ficar maluca se se sentisse ameaçada, e Benjamin ficava olhando fixo para dentro dos olhos vazios das galinhas, mas nunca sabia dizer qual delas não enxergava. Será que na verdade não eram todas cegas? Elas pareciam se esgueirar nervosas pelo terreno. Era o pai que tinha comprado as galinhas, alguns verões antes, para finalmente realizar seu sonho de comer ovos recém-postos no café da manhã. O pai as alimentava, lançando a ração seca atrás delas à tarde e chamando, "có-có-có", e à noite ele as juntava no galpão, com o som da concha batendo no fundo da panela, que ecoava pelo terreno inteiro. Toda manhã, Pierre tinha a tarefa de recolher os ovos no galinheiro das irmãs Larsson, e ele voltava correndo no caminho gramado até a casa com o tesouro nas mãos, e o pai se apressava até a cozinha e os colocava em uma panela cheia de água. Passou a ser uma tradição, de Pierre e do pai, e era um momento agradável para Benjamin também porque o fazia se sentir calmo; aquilo era alegre e permitia respirar com facilidade.

As galinhas pararam de ciscar e olharam com os olhos mortos para os irmãos à margem do lago. Benjamin se projetou na direção delas e as irmãs Larsson imediatamente aceleraram o ritmo, acompanhando os passos longos dele, com os olhos fixos na grama. Passaram pelos meninos e desapareceram.

Pierre segurava a vara quando a pequena boia começou a se mover. Primeiro foi um tremor suave, depois ela desapareceu na água escura.

— Pegamos um! — Pierre berrou. — Tire da água! — ele exclamou e entregou a vara a Benjamin.

Benjamin fez o que o pai tinha ensinado: não tirou o peixe da água imediatamente, mas foi recolhendo a linha com cuidado. Ele puxava em uma direção e o peixe em outra, com uma força que pegou Benjamin de surpresa. Quando viu a silhueta do bicho logo abaixo da superfície e sua luta louca para se desvencilhar, ele exclamou:

— Rápido, um balde!

Pierre olhou ao redor sem saber muito bem o que fazer.

— Um balde? — ele perguntou.

— Nils! — Benjamin chamou. — Pegamos um peixe, traga um balde!

Ele viu movimento na rede. Nils se apressou até a casa, depois correu para o lago com o balde vermelho na mão. Benjamin não queria puxar com muita força por medo de que a linha se partisse, mas tinha que resistir enquanto o peixe se dirigia ao centro do lago. Nils não hesitou; entrou na água e mergulhou o balde.

— Puxe! — ele exclamou.

O peixe se debatia na superfície, voltando a se aproximar da margem mais uma vez. Nils deu mais um passo para dentro d'água, o short dele ficou molhado, e ele recolheu o peixe.

— Peguei! — ele gritou.
Eles se juntaram ao redor do balde e olharam lá dentro.
— O que é? — Pierre perguntou.
— Uma perca — Nils respondeu. — Mas você tem que devolver para a água.
— Por quê? — Pierre quis saber, surpreso.
— É pequena demais — ele disse. — Não dá para comer.
Benjamin olhou dentro do balde e viu que o peixe se debatia contra as laterais. Era menor do que ele esperava que fosse ao se debelar com ele na água. As escamas em forma de pente brilhavam; as nadadeiras dorsais afiadas se eriçavam.
— Tem certeza? — Benjamin perguntou.
Nils deu uma risadinha.
— O pai vai rir na cara de vocês se mostrarem isso a ele.
Pierre pegou o balde e saiu marchando na direção da casa. Benjamin seguiu logo atrás.
— O que vocês estão fazendo? Precisam devolver para a água — Nils exclamou. Como não responderam, ele correu para alcançar os dois.
Pierre colocou o balde na mesa da cozinha. Baixou os olhos para o peixe, e o plástico vermelho do balde refletiu em seu rosto, fazendo parecer que ele estava corado.
— Será que nós fritamos vivo? — ele perguntou baixinho.
Nils ficou olhando para o irmão, chocado.
— A porra da sua cabeça não está no lugar — disse.
Ele deu meia-volta e saiu, e Benjamin ouviu quando ele soltou, ao passar pela janela:
— Casa de loucos.
Benjamin observou enquanto ele se afastava, viu quando se deitou na rede.

— Vamos fritar vivo — Pierre disse mais uma vez, olhando para Benjamin.

— Não — Benjamin respondeu. — Não podemos fazer isso.

Pierre estava em pé em cima de uma cadeira, pegando uma das frigideiras penduradas na parede acima da pia. Colocou no fogão a gás e ficou olhando para os botões, confuso. Virou um deles e de repente escutaram o chiado baixinho do gás. Ele se inclinou para a frente e examinou os queimadores.

— Como faz para acender? — perguntou. Girou o botão de um lado para o outro, mas só escutou o gás saindo e parando. Virou-se para Benjamin. — Anda, me ajuda!

— Precisa de fósforo — Benjamin explicou a ele.

— Então, pode me ajudar ou não?

— Pierre. Você não pode fritar um peixe vivo.

— Para com isso — Pierre disse. — Só me ajuda.

E o gás foi tomando conta do aposento, e uma janela bateu no andar de cima, e as andorinhas que tinham feito ninho nos vãos do telhado raspavam a madeira como se estivessem raspando a casa, e o sol da tarde brilhou nas tábuas rústicas da mesa da cozinha, no baralho amarelado que ainda estava ali depois dos jogos dos pais na noite anterior, o sol da lateral para cima dos dois irmãos, iluminando as moscas mortas que se espalhavam em montinhos pelos batentes das janelas, e Benjamin olhou pela janela e depois para Pierre mais uma vez. Então ele pegou os fósforos da prateleira mais alta e riscou um na direção da boca do fogão, que acendeu imediatamente com chamas vermelhas.

— Precisamos de manteiga ou algo assim? — Pierre perguntou, olhando ao redor da cozinha. Benjamin não respondeu.

Pierre examinou o interior da geladeira, mas não encontrou o que procurava. Voltou para o fogão, e saía um pouco de fumaça à medida que o fogo ia esquentando a panela. Pierre ergueu o balde vermelho e despejou o peixe na frigideira. Ele caiu para fora e se agitou com violência no ar quando tocou no ferro. Então sua força foi solapada. O peixe grudou na panela, as guelras abrindo e fechando, movimentos cuidadosos da cauda. Tentou uma ou duas vezes se soltar, mas as escamas tinham começado a derreter e ele lentamente ficou preso ao ferro.

A panela começou a soltar fumaça. Benjamin, sem palavras, só olhava. Pierre tentou passar uma espátula ao redor do peixe para virar. Ele cutucou e empurrou e apertou os olhos quando a fumaça os irritou, e terminou por conseguir soltar. O lugar em que o peixe tinha estado estava coberto de escamas. O peixe se jogou no ar, tentou dar uma cambalhota e caiu no mesmo lugar. Os dois irmãos deram um salto para trás e ficaram olhando para a panela.

— Ainda está vivo! — Benjamin disse. — Precisamos matar!

— Você mata. Estou com medo.

— Por que eu? — Benjamin sibilou.

Pierre empurrou Benjamin, tentando fazê-lo se aproximar da panela.

— Para!

O peixe deu mais uma pirueta.

— Foi você que fez isso! — Benjamin acusou.

Pierre estava paralisado, olhando fixo para a panela com a boca aberta.

Benjamin correu até o fogão e girou o botão, colocando o gás no máximo. Ele recuou, encolhendo-se ao lado do irmão.

Através da fumaça, escutavam barulhinhos, o peixe batendo o rabo contra a panela; parecia que estava marcando o tempo contra o ferro à medida que o calor piorava. Benjamin sentiu que suas pernas iam ceder e segurou o braço da cadeira para se firmar. Ouviu-se um chiado repentino quando o peixe explodiu e suas entranhas se derramaram na panela; a fumaça ficou mais espessa, e havia algo naquela experiência que fez Benjamin pensar que Deus estava envolvido naquilo, quando a fumaça foi iluminada pelo sol ao subir em direção ao teto, e ele achou que a coluna de fumaça criava um canal, um canal divino, e que através dele o peixe se erguia ao céu. E de repente tudo estava claro como cristal, como se todos os acontecimentos da Terra de súbito se concentrassem naquela frigideira, o peso do planeta exercendo toda a sua pressão por cima do fogão a gás.

Então terminou. Tudo ficou imóvel.

Benjamin foi até a panela e a colocou na pia. Abriu a água; o chiado da fritura foi substituído por um tipo diferente de chiado, e depois ficou silencioso. Ele olhou para o peixinho carbonizado, que ainda estava na panela. Pegou, jogou no lixo e colocou um papel por cima. Foi até onde Pierre estava; o irmão continuava parado, sem se mexer, a alguns passos do fogão.

— Isso foi errado, Pierre.

Pierre olhava sério para o irmão.

— Suma daqui e eu cuido de tudo — Benjamin disse.

Pierre desapareceu, Benjamin observando através da janela enquanto ele corria a toda a velocidade para o galpão. Benjamin lavou a frigideira, raspando embaixo da água quente para tirar todas as escamas de peixe.

Ele saiu para os degraus de pedra. Estava tão claro lá fora que tudo parecia preto. Ouviu sons vagos vindos de dentro da casa, alguém na escada, e de repente lá estava a cachorra, que tinha acabado de acordar de uma soneca da tarde.

— Oi, oi — Benjamin sussurrou, usando o jeito típico como a mãe chamava a cachorra, e deu tapinhas no joelho, então Molly pulou para o colo dele e se acomodou ali. Ele a abraçou; talvez o coração dele parasse de bater tão forte se ele apertasse o corpo quente dela contra o peito. Ele se levantou, tomou o caminho do lago e se sentou em uma das pedras grandes com Molly. Lá fora estava tudo parado feito um eclipse; enquanto as cores foram voltando, ele enxergou com clareza aquilo de que tinha desconfiado: o mundo havia mudado. Ele viu as ondinhas na água deixadas por um cardume que brigava por comida sob a superfície. Viu os anéis na água, reparou que não se moviam para fora, mas para dentro. Os anéis se encolhiam na direção do centro e sumiam sem deixar nenhum vestígio nas próprias ondinhas. Olhou para a baía e viu o mesmo fenômeno mais uma vez. Os anéis no lago buscavam o próprio centro, como se alguém passasse um filme de trás para a frente. Ele se assustou com o eco de um grito por cima do lago. Olhou ao redor, tentando localizar sua origem. Então ele berrou. Percebeu que o tempo não tinha parado, não: estava indo para trás.

Ele cobriu os olhos com a palma das mãos.

— Oi, oi!

Quem era? Através dos dedos, ele ergueu os olhos para o gramado escuro e viu a mãe e o pai, recém-acordados e atordoados. A mãe tinha avistado a cachorra no colo de Benjamin e chamou. E, lentamente, o mundo voltou ao lugar mais uma vez.

Ele soltou Molly, que disparou na direção da mãe, e Benjamin correu ao longo do caminho surrado atrás dela. Os pais dele olhavam fixo para a grama. A mãe pegou um maço de cigarros e colocou na mesa, esticou a mão para a cachorra.

— Oi, filho — o pai disse, com a voz rouca.

— Oi — Benjamin respondeu.

Ele se sentou na grama. Silêncio. A mãe olhou na direção dele.

— Venha coçar as minhas costas — ela pediu.

Benjamin se colocou atrás dela, coçou com cuidado, e a mãe fechou os olhos e soltou um som baixinho: a mão dele estava dentro da blusa dela.

— Espera. — Ela soltou o sutiã para que ele pudesse alcançar melhor.

Ele sentiu as impressões da faixa na pele dela ao passar os dedos da nuca à escápula. E coçou com deliberação, bem do jeito que sabia que ela gostava, porque ele não queria que o momento terminasse. A mãe deu uma olhada rápida em Benjamin.

— Por que você está chorando, querido?

Benjamin não respondeu, só continuou coçando a mãe.

— Qual é o problema?

— Nada.

— Querido — a mãe disse. — Não chore. — Então ela ficou em silêncio, baixou a cabeça. — Um pouco mais para baixo.

De canto de olho, Benjamin viu as irmãs Larsson se esgueirando para o pátio. Elas se enfileiraram no gramado, observando o que estava acontecendo. Ele sentiu o coração batendo. Pensou no peixe, na frigideira soltando fumaça, nas escamas coladas ao ferro. As galinhas olhavam para ele. Elas sabiam o que ele tinha feito e o julgavam em silêncio.

E ele coçava a mãe enquanto olhava para as galinhas, com medo de desviar o olhar, com medo de olhar para cima. Ele não ousava dirigir o olhar para a mesa, porque tinha medo de encontrar o almoço ainda em cima dela, a refeição recém-terminada, e a mãe e o pai prestes a fazer a sesta.

| 5 |

20 horas

Benjamin está parado na beira do lago com um buquê de florzinhas amarelas secas na mão. Os irmãos estão ao seu lado. Nils segura a urna. É pesada, e ele fica ajustando nas mãos, com uma expressão cada vez mais estupefata, como se o peso da mãe o tivesse pegado de surpresa.

— Devemos dizer alguma coisa? — Nils pergunta. — Ou então o que a gente faz?

— Não sei — Benjamin diz.

— Uma cerimônia ou algo assim?

— Acho que precisamos começar, só isso.

— Esperem — Pierre chama. — Preciso fazer xixi.

Ele se afasta alguns passos, fica de frente para a água e abre o zíper da calça.

— Por favor — Nils reclama. — Não dá para ser uma ocasião solene?

— Com toda a certeza. Mas eu preciso fazer xixi.

Benjamin examina as costas de Pierre, escuta a urina jorrando nas pedras à beira d'água. Ele observa enquanto Nils ajusta a urna nas mãos.

— Precisa de ajuda? Quer que eu segure um pouco?

Nils sacode a cabeça.

O lago está calmo e Benjamin enxerga a floresta de cabeça para baixo nele, e vê dois céus, ambos tremeluzindo em rosa e amarelo. A distância, o sol afunda abaixo dos pinheiros colossais. Na baía, a boia de isopor repousa na água parada.

— Olhem. — Benjamin aponta para a boia. — Não é nossa?

Nils coça com cuidado uma picada de mosquito na testa e olha para o pontinho lá longe.

— Nem fodendo — ele responde — Aqueles últimos dias aqui. Será que a gente jogou a rede um dia antes de tudo acontecer? E depois foi o caos, e, quando a gente voltou para casa, estava de repente com tanta pressa. Será mesmo que a gente...?

Ele dá risada.

— Será mesmo que a gente esqueceu de recolher a rede antes de ir embora?

Benjamin olha para a boia, a uma boa distância, mas não tão longe que ele não consiga enxergar seu formato: está carcomida nas beiradas, do inverno, quando os ratos tomam conta da casa de barcos.

— Está dizendo que ela ficou ali esse tempo todo? — Benjamin pergunta.

— Estou.

Benjamin visualiza a rede. À profundidade de quase cinco metros, uma vala comum flutuante, peixes pendurados lado a lado em diversos estágios de decomposição. Escamas e ossos e olhos fixos na escuridão, tudo preso na trama fina, coberta de algas, e os anos passam e coisas acontecem ali, famílias fazem as malas e desaparecem, e tudo fica vazio, as estações mudam e as décadas passam, tudo em um fluxo constante, mas a quase cinco metros de profundidade a rede continua ali, esperando com paciência, abraçando todos aqueles que se aproximam.

— Talvez a gente devesse recolher — Nils sugere.

— É mesmo — Benjamin emenda.

— Quem sabe amanhã, antes de voltar para casa.

Pierre, a alguns passos de distância, solta um som agudo, um gritinho todo animado, como se quisesse fazer uma objeção mas ainda não tivesse encontrado as palavras para fazê-lo, enquanto ainda toma providências para se livrar das últimas gotas, de costas para os irmãos.

— Droga, não! — ele exclama. Fecha o zíper da calça. — Vamos recolher agora!

— Mas a gente está fazendo uma cerimônia neste momento — Nils lembra.

— Isso pode esperar — Pierre aponta. — Os irmãos de volta ao barco, nas águas do lago. Um último passeio ao pôr do sol. A mãe iria gostar!

— Não, agora não — Nils reclama, mas Pierre já está caminhando pelo barranco, saltando de uma pedra a outra pedra maior ao longo da margem.

— Vocês acham que o barco continua lá? — ele grita. Benjamin e Nils trocam olhares rápidos. Nils sorri seu sorriso gentil. Eles seguem o irmão mais novo até a casa de barcos.

Sim, o barco continua lá. Ajeitado com cuidado nos blocos grossos, o velho barco branco de fibra de vidro, bem do jeito que eles tinham deixado. Musgo cresceu em partes do piso e nos assentos da proa, e a água que se juntou na popa criou o próprio ecossistema de algas e limo, mas o barco está intacto. Os remos estão escondidos no piso embaixo de uma lona, como sempre, e os irmãos se posicionam de ambos os lados do barco; Pierre, o gerente de projeto da expedição, grita:

— Agora! — E eles empurram, e as pedras rangem embaixo do casco, até que o barco desliza para dentro da água escura e o lago cai no silêncio mais uma vez.

Benjamin rema e Pierre e Nils ficam sentados na popa, deixando a parte de trás do barco pesada: a proa aponta para o céu. Tudo desperta uma familiaridade tão imediata. Benjamin olha para os irmãos. Estão vestidos com terno preto e gravata, para homenagear a mãe. Pierre usa óculos escuros que parecem a Benjamin grandes demais e estranhamente femininos. Nils tirou os sapatos e as meias e arregaçou a barra da calça para não molhar. Eles não falam nada, só escutam as batidas leves dos remos na água, as gotas se espalhando pela superfície quando Benjamin os ergue ao lado do barco. Está anoitecendo rápido, a margem vai ficando leitosa, Benjamin ergue os olhos e o espaço sideral de repente está lá, apesar de o céu ainda estar claro. Ele olha para a casinha por cima do barranco, a porta escancarada, como se a mãe e o pai estivessem para sair, caminhando até o lago com sua cestinha cheia de bebidas e salame. Ele vê o campo gramado onde jogava futebol com os irmãos; agora está cheio de mato e florzinhas silvestres. Uma brisa fria sopra pela água.

— Ei — Pierre diz. Estão quase na boia, e os irmãos se preparam, como sempre faziam quando eram crianças, virando-se em suas posições designadas, e Benjamin recua o barco o último pedacinho e Nils se abaixa e captura a boia.

— Precisamos estar preparados para ver umas coisas bem nojentas — Nils avisa.

Então ele começa a içar a linha de náilon amarelo desbotado, puxando para dentro do barco. A primeira extensão é fácil, mas então vem o peso da rede. Ele não está preparado para a resistência, perde o equilíbrio no barco e precisa se sentar.

— Jesus — ele resmunga. — Pierre, me ajuda a puxar.

Pierre e Nils se levantam sobre pernas instáveis, se esforçam juntos e a rede se move, vai se aproximando devagar da superfície da água.

— Estou vendo o grampo da rede! — Pierre exclama. E Benjamin fica em pé e vê o contorno dela com toda a sua carga oculta, feito uma escuridão atravessando uma escuridão ainda maior, e os irmãos puxam e fazem caretas à medida que o náilon se aperta contra suas mãos, e, bem quando a rede chega à superfície, a linha se rompe. O barco chacoalha, e os irmãos se seguram nas laterais, olham por cima da balaustrada e veem o colosso sumindo de volta às profundezas.

Pierre dá risada, uivando pelo lago. Nils olha para o irmão com um sorriso. Ele começa a rir, e o riso se espalha a Benjamin também; agora todos os três homens estão dando risada. Benjamin vira o barco e começa a remar de volta à terra firme.

A mãe escreveu, na carta que os irmãos encontraram no apartamento dela, que queria que suas cinzas fossem espalhadas no lago da casinha. Ela não disse exatamente onde, mas os irmãos concordam que encontraram o lugar certo. Ela se sentava para ler o jornal da manhã à beira d'água, no local mais distante da ponta de terra. E ela se sentava ali à noite também, logo antes de o sol se pôr, quando a luz ficava dourada, e escutava o vento fazendo as folhas das árvores farfalharem, passeando da copa das árvores a distância à copa das árvores próximas, o som mudando de acordo com o tipo de árvore que tocava. E, por mais que ventasse durante o dia, a mesma coisa sempre acontecia: bem quando o sol se punha, o vento amainava e o lago ficava imóvel. Agora os irmãos se enfileiram ali, naquele exato momento, à beira d'água. Nils carrega a urna, e está parado na frente dos irmãos.

— Será que eu preciso fazer xixi? — Pierre diz.

— De novo? — Nils pergunta.

— Será?

— Ai, meu Deus — Nils balbucia.

— Não é nada engraçado fazer xixi nas calças, certo?

— Não — Nils responde. — Até parece que nunca aconteceu.

— É verdade — Pierre diz.

— Nisso você é o campeão — Nils aponta, sorrindo. — Recorde de calças mijadas quando era criança.

— Eu fui uma criança alegre, estava sempre ocupado, e era muito inconveniente ir ao banheiro.

Os três irmãos dão risada, a mesma risada, e soa como se alguém estivesse amassando uma folha de jornal.

— Uma vez, na segunda série, eu fiz xixi na calça quando a gente estava jogando futebol no recreio — Pierre conta. — Só algumas gotas, mas o suficiente para molhar a calça jeans. Um ponto escuro do tamanho de uma moeda, bem na minha braguilha. O Björn reparou bem rápido.

— Eu lembro do Björn — Benjamin diz. — Ele sempre teve talento para encontrar o ponto fraco dos outros.

— É. Ele viu a mancha e começou a apontar e a gritar. Todo mundo ficou olhando para mim. Mas eu disse que uma bola tinha me acertado bem ali. Porque tinha acabado de chover, e o campo estava molhado, e a bola também, então era uma explicação perfeitamente razoável. O Björn calou a boca e nós continuamos jogando. E eu fiquei bem feliz, porque não foi uma mentira tão ruim assim. Foi genial. Fiz xixi na calça e me safei.

Os irmãos dão risada.

— Mas daí saiu mais xixi — Pierre continua. — A mancha ficou maior. E o Björn voltou a pegar no meu pé. Quando o recreio terminou e todo mundo estava voltando para a sala, ele foi andando ao meu lado, olhando fixo. Ele ficava olhando para a minha calça. Quando a gente chegou à sala de aula, ele berrou: "Todo mundo pra cima do Pierre!"

— Pra cima? — Benjamin pergunta.

— É. Nunca se jogaram em cima de você? É quando alguém grita um nome e todo mundo tem que se jogar em cima da pessoa, em uma pilha enorme.

— Então, o que aconteceu? — Benjamin quer saber.

— Todo mundo pulou em cima de mim. E eu estava embaixo e não conseguia me mexer. O Björn estava bem em cima. Estava lá estirado com a cabeça ao lado da minha, de um jeito que a gente estava cara a cara, e eu lembro que ele sorria para mim. Então, ele enfiou a mão dentro da minha calça. Eu tentei fazer ele parar, mas estava completamente imobilizado. Ele remexeu na minha cueca molhada, tirou a mão e cheirou. E aí ele berrou: "É mijo! O Pierre se mijou todo!"

Benjamin sacode a cabeça.

— Não tinha nenhum professor por perto? — ele pergunta.

— Não lembro. Nenhum que tenha intervindo, pelo menos.

Pierre pega uma pedra da margem e joga na água.

— Estava todo mundo em cima de mim e começaram a gritar que eu tinha mijado na calça.

Benjamin repara que pontos vermelhos apareceram no pescoço de Pierre. Ele conhece bem esses pontos; quando eram crianças, ele sempre os via quando Pierre estava com medo ou irritado.

— Enquanto eu estava lá soterrado, dava para ver o corredor — Pierre diz. — E eu vi você parado, olhando da porta.

Pierre se vira para Nils, fuzilando-o em silêncio com o olhar.

— Que nada — Nils retruca. — Isso não aconteceu.

— Aconteceu, sim. Você me viu estirado lá. E simplesmente foi embora.

Nils sacode a cabeça devagar; Benjamin reconhece o sorriso nervoso e tenso dele.

— Pode falar o que quiser — Pierre insiste. — Está bem claro na minha memória, e eu nunca vou esquecer. Eu não dei muita atenção ao acontecido na época. Foi só depois que aquilo fez a minha mente explodir. Você era tão mais velho. Teria sido tão simples para você entrar e dar um basta no que eles estavam fazendo comigo.

Pierre olha para Nils.

— Mas você simplesmente saiu andando — conclui.

Nils olha para a urna que carrega nos braços. Esfrega o polegar na tampa, como se estivesse tentando se livrar de uma mancha de sujeira.

— Não sei do que você está falando — ele diz.

— Talvez você não se lembre? — Pierre pergunta. — Geralmente acontecia isso. Você nunca via nada, nunca escutava nada. Assim que as coisas saíam dos trilhos, você berrava que morava em uma casa de loucos e depois se trancava no seu quarto. Mas só porque você não estava vendo não significava que fosse menos do que uma casa de loucos do outro lado da sua porta.

— Tira esses óculos escuros. — O tom de Nils de repente é ríspido. — Vê se mostra algum respeito pela mãe, para de fazer tipo.

— Eu faço o que eu quiser, porra — Pierre responde.

Benjamin se concentra. Ele consegue sentir a conversa começando a virar; ele consegue ver isso no jeito como Nils segura a urna com mais força, no jeito como ele não tira os olhos de Pierre.

— É melhor escutar, porque eu só vou falar uma vez — Nils afirma. — Não quero ouvir mais uma palavra a respeito de como eu te tratava quando a gente era criança. Nem mais uma palavra.

— Você me decepcionou — Pierre diz.

Nils olha fixo para Pierre.

— Eu decepcionei você? — Dá uma risada repentina. — Você acha que a gente devia ter pena de você? Não lembro de nenhum dia em que você e o Benjamin não tenham me importunado quando a gente era criança. Você me fazia sentir um inútil. E agora a gente tem que ficar com pena de você?

Pierre olha para o lago e sacode a cabeça.

— Vamos acabar logo com isso, e você pode chorar depois.

Nils dá um passo na direção de Pierre e se coloca bem ao lado dele.

— Que merda, não aja como se fosse uma coisa trivial.

A reação de Pierre é imediata; ele espelha o passo adiante de Nils. Benjamin se aproxima, em uma tentativa perplexa de se colocar entre os dois. Agora os três estão bem próximos, em uma rede de agressão que é completamente alheia a eles. De repente não há raiva nos olhos deles, apenas confusão. Trocam olhares nervosos. Não têm ideia do que estão fazendo.

— Vamos nos acalmar — Benjamin pede.

— Não vou me acalmar — Nils responde. — Você acha que eu caía fora quando a gente era criança? Bom, será que é alguma surpresa o fato de que eu não queria estar ali, se me chamavam de feio e nojento toda vez que eu dava as caras? E você fazia aquela coisa com os olhos.

— Que coisa? — Pierre pergunta. Ele não diz nada por um momento. Então envesga os olhos, imitando Nils com um sorriso.

Nils empurra a urna com toda a força para cima do irmão. Pierre não está pronto para ela e o objeto bate no peito dele. Pelo barulho, Benjamin sabe imediatamente que algo se quebrou dentro do corpo de Pierre.

| 6 |

Reis da bétula

Jantar no pátio, logo antes de todos debandarem. A mãe pegou um cigarro e procurou ao redor das tigelas vazias até encontrar o isqueiro. O pai olhou ansioso para o prato vazio, não exatamente satisfeito. A mãe tinha cortado fora a gordura do seu bife de presunto, e o pai estava de olho nela. Ele ficava olhando para aquilo, uma tira de gordura que parecia um dedo chamuscado no prato dela, medindo de canto de olho, deliberando.

— Aquilo, bem ali... — ele finalmente disse e apontou para o resto de gordura.

A mãe, bem rápido, espetou um garfo nela e transferiu para o prato do pai.

— Obrigado — o pai balbuciou e atacou a gordura. A mãe o observou enquanto ele comia. Sinais minúsculos de nojo no rosto dela; Benjamin, o único capaz de enxergar. Ele sabia muito bem como a mãe se irritava com o apetite sem limites do pai; ela detestava quando os olhos dele vagavam pelo prato dos outros, quando ele se esgueirava para a cozinha depois do jantar para fazer um "sanduíche de reforço", quando ficava olhando impassível para o interior da geladeira à tarde, à caça de algo para enfiar na boca. Às vezes a mãe explodia e o acusava de ser um animal. Geralmente a resposta do pai era o silêncio — ele fechava a geladeira rápido e se afastava —, mas às vezes reagia com uma quantia de raiva equivalente: "Me deixa comer!"

O pai pousou os talheres e bateu com o punho na mesa.

— Meninos! — Ele limpou a boca com um pedaço de toalha de papel. — Pensei em mostrar para vocês um lugar que ninguém nunca viu. Quem quer me acompanhar?

Benjamin e Pierre se levantaram imediatamente. A casinha era a casinha e a casinha era o mundo. Eram as pequenas construções rodeadas por todos os lados de floresta e água. Todo o restante era território não mapeado: a ponta de terra feito um ponto pulsante e verde em um mundo que, de resto, era cinzento. Se o pai disse que mostraria a eles um lugar novo, aquilo equivalia a uma promessa de expandir o mundo conhecido. Eles se preparam como se fossem sair para uma expedição difícil. O pai calçou botas altas, que chegavam até os joelhos, e ordenou a Benjamin e Pierre que colocassem bonés na cabeça para se proteger dos mosquitos.

— Você vem, Nils? — o pai perguntou.

— Não.

— É um lugar secreto — o pai disse. — Um lugar onde as crianças podem ficar ricas.

— Não. — Nils esticou o braço para seu copo de leite e bebeu o que tinha sobrado no fundo. — Não estou a fim.

Eles desceram a encosta e atravessaram a campina. O pai abaixou a mão e deixou o capim alto escorregar por entre seus dedos; pegou um pedaço de palha e enfiou no meio dos dentes. Foi em frente com confiança. Benjamin e Pierre iam atrás, seguindo seus passos, às vezes olhando além das costas do pai para ver aonde estavam indo. Caminharam por entre as árvores. De repente, ficou escuro.

— Você ainda tem medo da floresta, Benjamin? — o pai perguntou.

— Não, na verdade não.

— Durante o nosso primeiro verão aqui, você sempre começava a chorar quando a gente entrava na floresta — o pai disse. — Não sei por quê... você não contava.

— Não — Benjamin repetiu. Ele não conseguia colocar aquilo em palavras, mas o sentimento inquietante que a floresta lhe dava tinha estado presente havia muito tempo, principalmente depois de uma chuva, quando as árvores ficavam pesadas e os lamaçais, esponjosos. Era medo de ficar preso ali, de encalhar e sumir.

— Tem uma coisa que eu sei sobre as florestas — o pai falou. — E é que todo mundo tem uma floresta que é só dele. Cada um a conhece de dentro para fora e ela deixa a pessoa segura. E ter a própria floresta é a melhor coisa que existe. Basta caminhar bastante por aqui e vocês logo vão conhecer cada pedra, cada trilha traiçoeira, cada bétula caída. E daí a floresta vai ser sua, vai pertencer a vocês.

Benjamin olhou para o abismo escuro. Não parecia que era assim.

— Venham, vamos continuar — o pai disse. — Estamos quase lá.

Passaram pelo açude que controlava o fluxo entre o lago e o rio: nem Benjamin nem Pierre jamais tinham ido tão longe da casa. A partir dali, tudo era novo e inexplorado. Passaram por um lamaçal com pedras grandes que se erguiam da turfa, caminharam pela floresta de ciprestes, e, de repente, uma clareira apareceu. O pai puxou para trás um galho de cipreste e deixou os dois seguirem adiante.

— Bem-vindos ao meu lugar secreto!

Um grupo denso de bétulas jovens se erguia na frente deles, formando a própria florestinha. Finas, frágeis, bem pertinho umas das outras, como postes de iluminação mordidos pela ferrugem, e o lago brilhava por entre os troncos.

— O que acham? — o pai perguntou.

— É bonito! — Benjamin disse. Ele não queria demonstrar a decepção. Não passavam de árvores.

— Quantas tem? — Pierre perguntou.

— Não sei — o pai respondeu. — Várias centenas.

— São tantas — Pierre disse.

— Pensem só: isso aconteceu com a gente — o pai refletiu. — Estas árvores estão bem aqui. Elas são muito raras. Tem muita bétula na Suécia: bétula enrugada, bétula piramidal, bétula-chorão, tudo que é tipo. Mas estas, meninos, são bétulas prateadas. — Ele pousou a mão em um tronco e olhou para cima. — As melhores bétulas de todas. Nada no mundo ganha do cheiro de bétula prateada na sauna.

Benjamin deu alguns passos e tocou em uma das árvores. Agarrou um galhinho e tentou arrancar, mas ele não queria soltar.

— Vou mostrar como se faz — o pai ofereceu. — Nunca puxe o galho. Ele tem que ser quebrado. E quebrado perto da base, porque é preciso alguma coisa para você segurar para não chegar perto demais das pedras quentes quando jogar água nelas.

Benjamin observou o pai colher um galho atrás do outro e juntar um ramo de bétulas na mão esquerda. Parecia tão simples.

— Não fiquem aí parados sem fazer nada — o pai disse aos meninos, com um sorriso. — Venham me ajudar.

Eles ficaram estáticos lado a lado, em um silêncio despreocupado. Por um breve momento, o pai ficou olhando para a floresta, então murmurou "cuco!" depois que um passarinho cantou, mas, fora isso, todos ficaram em silêncio, absortos na tarefa.

— Sabem por que elas se chamam bétulas prateadas? — o pai perguntou.

— Não.

— É um nome estranho, não é? Não tem nada nelas que seja prateado. As folhas são verdes e os troncos são cinza. Mas dizem que alguma coisa acontece com elas à noite.

Ele se agachou e olhou para a copa das árvores.

— Quando a lua cheia brilha em cima, elas mudam de cor. Se vocês olharem com atenção, vão ver que as folhas são feitas de prata.

— É verdade? — Pierre perguntou.

— É, sim.

Pierre ficou olhando com os olhos arregalados para o pai.

— Para — Benjamin disse e se virou para o irmão. — Claro que não é verdade.

O pai deu risada e desgrenhou o cabelo de Pierre.

— Mas é uma história bem bacana, não é?

Eles quebravam e juntavam galhos enquanto o sol caía atrás dos troncos. Pierre tirou o boné, abanou para espantar os mosquitinhos e coçou a cabeça toda com violência. O pai foi quem terminou primeiro.

— Alguma coisa assim — ele disse e examinou seus ramos de bétula com satisfação. — Eu preciso de dez ramos que vou pendurar para secar no terraço, para a sauna. Para o caso de nós virmos aqui no inverno, quando não tem folhas nas árvores. Vou dar cinco coroas para cada ramo que vocês fizerem.

Benjamin e Pierre deram um toca-aqui determinado, já dedicados à tarefa, prontos para trabalhar em troca de dinheiro.

— Vou para casa tomar um drinque com a sua mãe — o pai anunciou. — Voltem assim que tiverem alguma coisa para me mostrar.

E desapareceu na direção da casa.

Benjamin começou a quebrar galhos e a juntar o primeiro ramo. Ele tentou calcular quanto dinheiro os dois na verdade poderiam ganhar. Dez ramos seriam cinquenta coroas, divididas por dois. E então ele converteu o dinheiro em chiclete, cinquenta centavos cada um, o que renderia cinquenta chicletes, e, se ele mascasse um por dia, iria durar o verão inteiro. Ele tinha aprendido a ser econômico com seus chicletes. Uma noite, colou o chiclete mascado na mesinha de cabeceira quando foi para a cama e, ao acordar, sentiu um impulso repentino de voltar a enfiá-lo na boca. Descobriu que tinha recuperado o sabor, que era como se fosse novo, mais ou menos. Era como se ele tivesse subvertido o sistema. Essa descoberta mudou tudo: ele começou a reusar o chiclete, e cada pedaço de repente durava vários dias. Mas daí ele começou a ficar descuidado e deixava chiclete mascado em lugares em que a mãe podia encontrar, e ela proibiu que ele continuasse com a atividade.

Ele tinha terminado de juntar seu primeiro ramo e olhou para Pierre, que estava ao lado dele de mãos vazias, com o lábio inferior tremendo.

— Não consigo — ele reclamou. — Não consigo quebrar os galhos.

— Não tem problema. Eu faço a sua parte também.

— Mas... — Pierre disse. — Mesmo assim eu vou ganhar o dinheiro?

— Claro. Vamos dividir.

Benjamin juntou mais dez galhos e entregou a Pierre.

— Vamos voltar correndo e mostrar para o pai.

Eles correram pelo crepúsculo com os ramos de bétula nas mãos, ziguezagueando entre os ciprestes, passando pelo açude e saindo na campina abaixo da casa, e ali, ao pé dos degraus de pedra, viram a mãe e o pai à mesa, como se fossem uma ilhota de velas à luz do entardecer que ia se esvaindo. Mais uma garrafa de vinho na mesa. O pai tinha trazido um salame. Colocaram os ramos no colo do pai.

— Muito bem! — o pai elogiou.

— Que coisa — a mãe disse.

O pai inspecionou os ramos com cuidado, como se estivesse fazendo controle de qualidade. Ele tinha colocado uma pilha de moedas de cinco coroas na mesa, e um calafrio percorreu o corpo de Benjamin quando reparou na pilha reluzente. O pai pegou duas moedas e, cheio de cerimônia, entregou uma a cada menino.

— Vocês vão ser coletores de bétula quando crescerem? — a mãe perguntou.

— Talvez — Pierre respondeu.

— Talvez — a mãe repetiu com um sorriso.

Ela estendeu a mão para os meninos.

— Meus queridos — disse, e eles se abraçaram. — Vocês são tão queridos, fazendo as coisas assim juntos. — A bochecha fria dela contra a bochecha quente de Benjamin. Ela tinha cheiro de repelente de mosquito e cigarro. Ela apertou a cabeça dos meninos contra os seios e passou os dedos pelo cabelo deles, e, quando soltou, eles estavam atordoados, como se tivessem acabado de acordar; ficaram lá parados, sem saber o que fazer, e olharam para o sorriso da mãe.

— O primeiro trabalho de verão dos meninos — o pai disse e, de repente, seus olhos se encheram de lágrimas. A chama das velas ardeu nos olhos dele. — Que coisa linda — ele balbuciou e remexeu no bolso em busca de um lenço. A mãe estendeu a mão para ele.

— Podem ir andando — o pai exclamou, e os irmãos saíram correndo. — Vão buscar mais — gritou enquanto eles se afastavam, mas àquela altura os meninos já estavam a meio caminho na campina, correndo com suas pernas tão, tão ágeis na noite de verão. E agora foi rápido: Benjamin nem precisava olhar depois de quebrar os galhos, só entregava às cegas e lá estava Pierre para juntá-los, e, quando tinham mais dois ramos, correram de volta da mesma maneira como tinham chegado até ali, o olhar fixo no pequeno foco de luz no pátio. O pai gritou para eles de longe: — Conseguiram mais uma vez! — Os meninos correram mais rápido, os pés batucando no caminho de terra batida até o jardim. — Os meninos conseguiram mais uma vez!

O pai pegou os ramos e os inspecionou, então ergueu os olhos para as crianças.

— Vocês são os reis da bétula.

E eles saíram correndo de novo. A escuridão caía rápido, era mais difícil enxergar o caminho pela floresta, os galhos dissolvidos na luz fraca batiam no rosto deles. Quando chegaram, o lago além das bétulas era um riachinho cinza-claro.

— Quer jogar pedras? — Pierre perguntou.

Caminharam através das bétulas prateadas, até o lago, agarrando cada árvore por que passavam para fazê-la chacoalhar. Examinaram a margem em busca de pedras adequadas. Pierre jogou uma, e uma confusão se formou no lugar em que ela pousou, os peixes logo abaixo da superfície se revelando por um instante antes de desaparecer nas profundezas.

— Olá! — Pierre gritou para o outro lado do lago, e o eco ricocheteou nas árvores altas do outro lado e voltou.

— Olá para você aí! — Benjamin e Pierre gritaram e deram risada.

— Reis da bétula! — Pierre berrou a plenos pulmões, e a floresta confirmou, gritando de volta para dizer que o que ele tinha falado era verdade.

Uma névoa leve tinha se formado, de modo que não conseguiam mais enxergar do outro lado. Pierre chutava as pedras, matou um mosquito no braço com um tapa.

— Está tudo bem com você? — Benjamin perguntou.

— Está — Pierre disse, olhando para ele de um jeito curioso.

Benjamin não sabia o que dizer, nem sabia o que estava tentando dizer com a pergunta.

— Quer continuar juntando? — perguntou.

— Quero. Você pode pegar os galhos para mim de novo?

— Claro.

E logo eles voltaram correndo pela campina, acenando com os ramos acima da cabeça. O pai estava sozinho à mesa.

— Cadê a mãe?

— Ela só foi fazer xixi — o pai respondeu, e os olhos de Benjamin examinaram as sombras atrás do arbusto de lilás, o banheiro da mãe quando ela não estava disposta a entrar na casa, e ali ela se agachava com a calcinha ao redor do tornozelo, mirando o lago.

— Vamos ver o que vocês trouxeram desta vez — o pai disse, e os meninos entregaram os ramos. — Estão muito bons. — Ele inspecionou com atenção. — Amanhã vou ensinar vocês a amarrar um fardo, porque é importante: precisa dar o nó do jeito certo, para poder ser pendurado do lado de fora e sobreviver aos ventos de outono.

— Então, como estão as coisas? — a mãe perguntou ao surgir da folhagem escura.

— Os meninos conseguiram mais dois ramos — o pai anunciou.

— Estou vendo — a mãe disse ao se sentar. Ela estendeu a mão para a garrafa de vinho e voltou a encher o copo. Olhou para os ramos no colo do pai, então pegou um e pesou na mão.

— O que é isto? — ela perguntou.

A voz dela mudou; seu tom ficou seco.

— Os ramos estão ficando cada vez menores. Olhem só. — Ela ergueu um deles na direção dos meninos. — Tem metade do tamanho dos primeiros que vocês trouxeram.

— É mesmo? — Benjamin perguntou.

— Nem tentem — a mãe se irritou. — Vocês sabem exatamente o que estão fazendo, não sabem?

— Como assim? — Benjamin perguntou.

— Vocês só querem o dinheiro. Querem trapacear.

— *Please* — "por favor", o pai disse em inglês, a linguagem codificada deles quando ele queria conversar em particular com a mãe. — *Calm down.*

— Não me diga para ter calma. Isto é um horror!

Ela olhou para os meninos.

— Querem dinheiro? — Ela pegou a pilha de moedas de cinco coroas, agarrou a mão de Pierre e colocou todas ali. — Muito bem. Pronto. Levem tudo.

Ela se levantou, pegou os cigarros e o isqueiro.

— Vou para a cama.

— Querida! — o pai exclamou quando ela sumiu para dentro da casa. — Volte, por favor!

Pierre se apressou e devolveu o dinheiro à mesa. O pai permaneceu na cadeira, os olhos fixos no tampo da mesa. O ramo estava no chão, ao pé dos irmãos.

— Não era nossa intenção fazer ramos menores — Benjamin explicou.

— Eu sei — o pai disse.

Ele se levantou e apagou uma vela após a outra, e, quando a escuridão recaiu sobre a mesa, ficou de frente para o lago, os pés afastados e firmes no solo. Benjamin e Pierre não saíram de onde estavam, imóveis.

— Eu sei um jeito de voltar a alegrar sua mãe.

O pai se virou para os meninos, ajoelhou-se ao lado deles e então sussurrou:

— Vocês podem colher flores para ela.

Pierre e Benjamin não responderam.

— Que tal colocar um buquê na frente da porta do quarto? Ela ia ficar muito contente.

— Mas agora está bem escuro lá fora — Benjamin ponderou.

— Não precisa ser um buquê grande. Só um pequeno, para a sua mãe. Será que vocês podem fazer isso?

— Podemos — Benjamin balbuciou.

— Colham margaridas. A sua mãe adora. São as amarelinhas, sabem?

Benjamin e Pierre ficaram parados, observando enquanto o pai usava um garfo para raspar comida de um prato ao outro e depois empilhava a louça e os copos para levar para dentro. Ergueu os olhos para os meninos, surpreso por vê-los ainda ali.

— Andem logo, meus queridos — ele sussurrou.

Benjamin e Pierre caminharam até a campina. Havia margaridas por todos os lados, brilhando feito lanternas opacas ao anoitecer. Havia uma friagem na noite de verão, e a grama estava molhada. Benjamin se agachou e colheu as margaridas, sem pensar em Pierre, e depois de um tempo ele percebeu que Pierre estava de joelhos no meio da campina, com três margaridas na mão, chorando sem fazer nenhum barulho. Benjamin o abraçou, apertando o rosto de Pierre contra o peito, sentindo o corpo do irmão mais novo tremer em seus braços.

— Entre e vá para a cama — Benjamin sussurrou. — Eu posso terminar de colher as flores.

— Não — Pierre disse. — A mãe quer as flores de nós dois.

— Eu colho e a gente fala que são de nós dois.

Pierre subiu a encosta correndo no escuro e Benjamin se inclinou para a frente, bem perto da grama molhada, para enxergar no escuro, próximo ao solo e à terra e aos insetos, sentindo a respiração contra a superfície. Ele ergueu os olhos para a casinha e viu Pierre desaparecer lá dentro, viu as luzes queimando ali. As duas janelas que davam de frente para o lago lhe lembravam olhos, como se a casa o observasse sentado ali. Então ele ergueu o olhar para os enormes pinheiros e imaginou como seria sua aparência lá do alto, do ponto de vista da copa das árvores. A casinha, vista de cima, o telhado antigo, as pedras por cima do celeiro subterrâneo, os arbustos de groselha arranjados de modo mais simétrico do que pareciam de baixo, a grama feito um tapete estendido que levava à água, e um pontinho escuro na campina, o próprio Benjamin, fazendo algo inexplicável. E, além disso, além do lago e dos milhares de pinheiros, o enorme campo cinzento desconhecido. E Benjamin se afastou, permitindo que as margaridas indicassem o caminho, cambaleando na direção dos limites da campina para ser sugado para dentro da floresta, com os olhos no solo. Foi colhendo as flores e não pensou aonde elas o levavam, e de repente estava mais uma vez ao pé da enorme aglomeração de jovens bétulas na ponta. A lua cheia brilhava atrás dos troncos e uma brisa soprou em meio à escuridão, as árvores farfalhando. Benjamin recuou um passo, e, quando o aglomerado de árvores entrou em ignição, teve que proteger os olhos para não ficar cego. Foi como se uma chuva de brasas se abatesse por cima das pontas escuras, como se um fogo prateado selvagem estivesse se espalhando descontrolado pelas árvores.

| 7 |

18 horas

Benjamin observa as costas nuas de Nils na sauna. A coleção de pintas continua lá, feito um tiro de chumbinho espalhado de pontos marrons que pegou no meio da escápula dele. Nils tinha uma ansiedade constante a respeito delas quando era criança, sempre passando cremes e protetor solar. E a mãe, sempre bronqueando para ele não coçar. Quando Nils estava lendo na praia, ou deitado de barriga para baixo para se bronzear, Pierre e Benjamin se esgueiravam por trás e coçavam as costas dele com força, e Nils explodia de raiva, desferindo golpes no ar ao redor de si em uma fúria louca.

Esta é a primeira vez que Benjamin vê os irmãos nus desde que eram crianças. Os genitais de Pierre estão completamente depilados. Não há um único pelo à vista. Benjamin já viu isso em filmes pornô, mas na vida real a ausência de pelos realmente se destaca. Ele olha para o próprio pênis, uma coisa morta, um toco de carne marrom que dorme entre os pelos que o rodeiam. Mas o pênis de Pierre está pulsando no banco da sauna, feito um ser com vida própria, uma pequena consciência em forma de palito. Talvez Pierre repare que Benjamin está olhando fixo, porque, depois de um tempo na sauna, ele ajeita a toalha ao redor da cintura.

— Eu não sabia que você tinha tantas tatuagens — Benjamin diz a Pierre. — Não conhecia algumas delas.

— Não? Estou pensando em apagar algumas.

— Quais?

— Esta aqui, por exemplo.

Ele aponta para o desenho de um punho fechado com as palavras *Salve o povo de Bornéu*.

— O que aconteceu com o povo de Bornéu? — Benjamin pergunta.

— Nada. Por isso eu achei engraçado.

Benjamin dá risada. Nils sacode a cabeça com um sorriso, olhando para os próprios pés em um banco mais baixo.

— Uma vez, eu estava bêbado e pedi a um tatuador que fizesse uma flecha apontando para o meu pinto e escrevesse: "Ele não vai se chupar sozinho".

Os irmãos dão risada juntos, três risadinhas suaves que se acomodam umas nas outras. Nils dá uma olhada no termômetro na parede e balbucia:

— Noventa graus.

— Preciso dar um tempo — Benjamin diz e sai. Ele fica parado no terraço da sauna. Pendurada em uma das paredes há uma fileira de seis ramos secos de bétula. Benjamin se apoia na parede de madeira descascada e dá uma olhada na fileira bem-arrumada. Estende o braço para o sexto ramo, aquele que é um pouco menor que os outros, e passa a palma da mão com delicadeza sobre as folhas secas afiadas.

Nils sai da sauna.

— Vamos, está na hora de dar um mergulho! — ele diz e sai correndo pelo pequeno terraço, dá um pulinho quando pisa em algo pontudo, para à beira d'água e, ao hesitar, fica com a mesma aparência que tinha quando era criança, naqueles dias de verão quando o pai gritava para ele dali, cada vez mais irritado, berrando que mergulhasse, que a água estava ótima, o que ele estava esperando, e a voz do pai ia ficando mais aguda, logo enlouquecida de frustração porque o menino não era capaz de simplesmente mergulhar, até que, enfim, Nils, furioso, se afastava sem nadar. Pierre abre a porta da sauna de supetão e sai cambaleando do calor, desce até a margem. Sai andando para dentro da água, com os braços estendidos, e sibila "Merda!" por entre os dentes quando pisa sem jeito em uma pedra e quase cai. Então ele mergulha e se afasta nadando. Parece algo fantástico: braçadas lentas que se dirigem ao centro do lago. Benjamin vai até a praia e para ao lado de Nils. A água está baixa; devem ter aberto o açude há pouco tempo. Entre as pedras molhadas, ele vê uma pequena perca deitada de lado no cascalho úmido; deve ter ficado para trás quando o nível da água desceu. Ele se abaixa e pega o peixe por uma das nadadeiras.

— Olhem — diz.

Ele coloca o peixe na água com cuidado e observa enquanto o animal gira devagar e acaba de cabeça para baixo. O bicho fica ali flutuando com a barriga branca próxima à superfície. Ele dá um empurrãozinho com o dedo, tentando endireitá-lo, mas o peixe fica deitado de lado por um instante. Ele observa as guelras se moverem; não está morto, mas não tem força para se endireitar e virar para baixo mais uma vez. Aquilo fazia parte dele quando era criança, o medo que tinha de peixes. Ele gostava de pescar, mas detestava a fisgada do anzol. Era alguma coisa naquele debater imprevisível de quando um peixe mordia a isca.

A percepção de que havia uma criatura viva na outra ponta da linha, algo que tinha consciência. E, quando o peixe se revelava na superfície, debatendo-se até a água espumar, lutando por sua vida, Benjamin sentia algo parecido com desgosto existencial. O pai ajudava a matar e limpar o peixe. Sempre o mesmo horror quando o pai colocava o peixe ereto no banco de madeira e passava a faca em seu pescoço.

— São só reflexos, meninos — ele dizia enquanto o peixe se agitava em suas mãos, sem nunca parar; o pai tinha que pressionar a faca com mais força, mais fundo, enquanto repetia para as crianças: — Ele não está sentindo nada. Já está morto.
— De vez em quando o peixe se agitava durante tanto tempo que até o pai ficava assustado, seus olhos disparavam de um lado para o outro, ele não sabia o que fazer.

As transições abruptas do barbarismo à *finesse* enquanto ele trabalhava com o peixe. A maneira abrutalhada como ele arrancava as entranhas e jogava no lago, e como as mãos dele depois trabalhavam com tanta precisão, diante do silêncio solene das crianças, para separar o baço, que podia envenenar a carne do peixe se estourasse.

Benjamin se agacha na água rasa e cutuca o peixe mais uma vez.

E mais uma.

— Vamos lá, peixinho — ele sussurra. — Eu vou lutar por você.

Agora ele está ereto, sensível à correnteza, mas vai conseguir, fica imóvel por um tempinho. Está se orientando no lago. Então, de repente, sai nadando e desaparece.

Ele olha para o irmão.

— Bom... — Benjamin diz. — É uma coisa que eu simplesmente preciso fazer.

— Imagino que sim — Nils responde.

E saem nadando de lado, feito velhos, batem os pés algumas vezes e se levantam, parados um ao lado do outro, os três juntos. A água está quente o suficiente para poderem ficar parados, demorarem-se um momento, sem sentir dor.

— Será que a gente faz mais uma rodada de sauna? — Nils pergunta.

— Com certeza — Pierre diz. — Só preciso esvaziar o intestino no lago primeiro.

— Jesus Cristo — Nils resmunga e vai caminhando até a terra seca.

A risada de Pierre ecoa pelo lago.

— Fala sério, eu estava brincando!

Eles se apertam dentro da sauna mais uma vez e olham através da pequena vidraça que dá de frente para a água.

— Não foi em algum lugar por aqui que a gente enterrou aquela cápsula do tempo? — Pierre pergunta.

Benjamin se levanta e olha para fora.

— Foi, sim. Bem do lado daquela árvore, acho.

Ele se lembra da velha caixa de pão de ferro que o pai deu a eles, e de como ele e Pierre a encheram de artefatos e enterraram bem fundo. Foi um projeto científico com o intuito de preservar informações importantes para a posteridade, para mostrar como as pessoas viviam no século XX.

— A gente precisa encontrar a cápsula — Pierre diz.
— Acho meio difícil — Benjamin responde.
— Por quê? É só cavar, certo?
— Mas a gente não sabe exatamente onde enterrou.
— Para com isso — Pierre diz. — Eu vou achar!

Ele sai em disparada da sauna e os irmãos observam através da janela quando ele chega ao terreno aberto do lado de fora. Ele cai de joelhos ao lado da árvore e começa a cavar o solo com gestos frenéticos, com as mãos. Colhe um pouco de terra, coloca de lado e tenta mais uma vez, mas imediatamente fica claro que não vai dar certo; ele está cavando, mas mal consegue passar da primeira camada de solo. Fica ajoelhado no chão por um momento, sem saber o que fazer. Então se levanta e sai correndo na direção do galpão.

— O que ele está fazendo? — Nils pergunta.
— Ele é doente — Benjamin responde.

Nils estica a mão para pegar o balde e joga água nas pedras, então a unidade solta um chiado. Benjamin observa gotas de suor se formarem em seu peito.

— Como você se sente por estar aqui? — Nils pergunta.
— Não sei — Benjamin responde. — Parece que uma parte de mim me diz que eu estou em casa. Outra parte está gritando para que eu vá embora.

Nils dá uma risadinha.
— Idem.
— Foi estranho voltar aqui — Benjamin diz. — Eu já vim tantas vezes na imaginação. Desabando através dos acontecimentos, uma vez atrás da outra. E agora...

Ele olha pela janela.

— Simplesmente foi estranho — Benjamin conclui.

— Benjamin. Sinto muito por tudo.

Eles se entreolham e logo voltam a baixar o olhar. Nils joga mais água nas pedras, que no mesmo instante sibilam, pedindo que fiquem quietos.

Pierre reaparece do lado de fora da janela, calçando tamancos e com uma pá nas mãos. Ele dá uma olhada através da janela da sauna e acena enlouquecido por cima da cabeça. Enfia a pá na terra, com força, fazendo o pênis pular para cima e depois bater contra a coxa. E começa a cavar. Está suado e determinado, grunhe a cada estocada do pé contra a pá, amplificando os grunhidos em gemidos ruidosos.

— Ele nunca vai encontrar — Benjamin balbucia.

O som da pá contra o metal se faz escutar até na sauna. Benjamin e Nils se inclinam na direção da janela. Pierre se joga no chão e começa a cavar com as mãos. Ergue alguma coisa do buraco e Benjamin reconhece na hora. Está coberta de terra, mas em alguns pedaços o metal enferrujado reluz: é a caixa de pão. Pierre se levanta, segurando a caixa acima da cabeça e gritando sem palavras, feito um bárbaro que acabou de descobrir o fogo. Benjamin e Nils disparam para fora da sauna. Pierre coloca a caixa na mesinha do terraço da sauna e eles se juntam ao redor dela.

— Estão prontos? — Pierre pergunta. — Porque estamos prestes a fazer uma visita a nós mesmos quando éramos crianças.

Ele abre a caixa. Por cima, há uma edição do jornal da manhã. Bombardeios da OTAN sobre Sarajevo. Embaixo dela, há um pequeno envelope. Benjamin abre e primeiro acha que está vazio, mas então avista alguma coisa no fundo. Derrama o conteúdo em cima da mesa: parece um monte de meias-luas pequenininhas de plástico. Benjamin não sabe dizer imediatamente o que é aquilo.

Mas então:

— Ai, meu Deus.

— O que foi? — Nils pergunta.

Benjamin se abaixa e remexe na pequena pilha amarelada a sua frente.

— São nossas unhas.

— O quê? — Nils exclama.

— A gente cortou as unhas — ele explica. — Está lembrado, Pierre?

Pierre assente ao se sentar à mesa e cutuca com cuidado as unhas minúsculas de menininhos.

— A gente cortou as da sua mão esquerda e as da minha direita. Dez unhas para que o futuro visse quem a gente era.

Benjamin tenta arranjar as unhas na ordem correta, com os dois polegares mais largos no meio e os outros quatro de cada lado. Coloca a mão logo abaixo das unhas cortadas e vê os contornos de si mesmo quando era menino.

Pierre tira uma nota de dez coroas da caixa.

— Olhem só — ele diz.

— Eu roubei da mãe — Benjamin conta. — Eu lembro.

Benjamin troca olhares rápidos com os irmãos. Coloca a nota de lado. No fundo da caixa há um buquê de margaridas, extraordinariamente secas e bem preservadas. As pétalas amarelas reluzem ao sol baixo. Benjamin entrega o buquê a Pierre. Ele segura com cuidado e olha fixo. Então desvia o olhar e cobre os olhos com a mão.

— Será que a gente faz mais uma tentativa de dar este buquê à mãe? — Benjamin pergunta.

Eles se secam apressados e vestem o terno por cima da pele molhada. Atravessam a campina um atrás do outro até chegarem à água.

Benjamin está parado na beira do lago com um buquê de florzinhas amarelas secas na mão. Os irmãos estão ao seu lado. Nils segura a urna. É pesada, e ele fica ajustando nas mãos, com uma expressão cada vez mais estupefata, como se o peso da mãe o tivesse pegado de surpresa.

| 8 |

O celeiro subterrâneo

— Que coisa nojenta da porra — Nils disse ao passar pelos irmãos. — Não posso nem olhar.

— O que vocês estão fazendo? — o pai perguntou. Estava sentado ao lado deles, lendo o jornal.

— Estamos cortando as unhas! — Pierre contou. — Vamos juntar e colocar na cápsula do tempo.

— Por que vocês querem colocar unhas em uma cápsula do tempo?

— E se a aparência das pessoas for totalmente diferente daqui a mil anos? Assim elas vão poder saber como eram as nossas unhas.

— Que esperteza — o pai disse.

Era de manhã cedo, o sol ia baixo no céu e brilhava de um ângulo estranho; o orvalho ainda estava na grama; flocos de cereal inchados no leite aquecido pelo sol nas tigelas de café da manhã. A brisa estava mais forte que o normal para um horário assim tão cedo, e cada vez que batia uma rajada de vento o pai segurava o jornal da manhã com força e erguia os olhos para ver o que estava acontecendo. Ele bebia café de uma caneca que criava mais uma argola marrom cada vez que ele a apoiava em cima do jornal da manhã; às vezes ele se levantava para ir até a cozinha, onde cortava fatias grossas de pão de centeio e aplicava uma camada tão espessa de manteiga que dava para ver as marcas deixadas pelos dentes dele quando mordia. Benjamin e Pierre estavam sentados ali, vestidos com seus pijamas puídos, concentrados, cortando as unhas e juntando em uma pilha na mesa do pátio. Quando terminaram, colocaram dentro de um envelope e enfiaram na caixa de metal que o pai tinha dado a eles. O primeiro artefato da cápsula do tempo deles estava garantido.

— Pai, pode dar para a gente o jornal de hoje para a cápsula do tempo?

— Claro — o pai disse. — Assim que eu terminar de ler.

Benjamin observou o pai. Ele comia dois ovos, e Benjamin torceu para que ele acabasse antes que a mãe acordasse, porque ela detestava ver o pai comendo ovos.

— Você tem dinheiro? — Benjamin perguntou. — Eu quero colocar uma nota na cápsula do tempo também.

— Não pode usar uma das moedas de cinco coroas que ganhou ontem?

— Tem que ser uma nota, para eu poder escrever uma saudação nela.

O pai conferiu os bolsos, levantou-se e foi até o hall de entrada para procurar a carteira.

— Não tenho dinheiro — ele gritou de lá. — Você vai ter que pedir à sua mãe quando ela acordar.

— E agora? — Pierre perguntou. Sempre inquieto.

— Por que vocês não vão procurar outras coisas para colocar na caixa? — o pai sugeriu.

— Não tem mais nada — Pierre respondeu.

— Então vá brincar com a Molly — o pai pediu a ele.

Na verdade, essa nunca era uma opção para Pierre, nem para qualquer outra pessoa da família. Molly não era brincalhona. Ela era ansiosa, frágil e se assustava com facilidade. Durante o primeiro verão depois que ela chegou, a família achou que passaria, que ela precisava de tempo para se adaptar, mas a essa altura já tinham entendido que ela simplesmente era assim. Parecia que ela tinha medo do mundo, nunca queria ser livre, preferia ser carregada de um lado para o outro. Ela se encolhia para longe do pai e tentava manter distância dele, apesar das tentativas sem jeito dele de mostrar carinho por ela. Nem Nils nem Pierre demonstravam grande interesse por ela, e talvez existisse certo ciúme ali, levando em conta que às vezes parecia que a mãe tinha mais carinho pela cachorra do que pelos irmãos. O amor da mãe por Molly era forte, mas espasmódico, e isso deixava Molly ainda mais ansiosa. A mãe às vezes queria ficar com Molly só para si e se recusava a dividi-la; em outros momentos, agia com frieza para com ela. Às vezes Benjamin achava que Molly ficava meio renegada, esquecida como resultado da falta de interesse de Pierre e de Nils, da resignação do pai e da distância repentina da mãe.

Benjamin se identificava com Molly. Eles procuravam um ao outro e, durante as longas horas das tardes daquele verão, quando a mãe e o pai estavam fazendo sua sesta, foram lentamente construindo sua relação. Em segredo, Benjamin fez com que ela fosse dele. Eles iam até o lago e jogavam pedrinhas.

Faziam caminhadas pela floresta. Faziam companhia um ao outro.

— Vá brincar com a Molly — o pai disse.

— Mas ela não quer brincar com a gente — Pierre respondeu.

— Claro que quer. Só precisamos dar um tempo a ela.

Pierre então foi até o galpão, onde guardava seus gibis, e Benjamin se aproximou da cachorra e a pegou no colo. Foi para a cozinha e se sentou à mesa perto da janela com Molly no colo. Do lado de fora, o mundo real ia mudando enquanto ele o observava através da velha vidraça; a folhagem ondulava enquanto ele inclinava a cabeça para a frente e para trás, devagar. Lá ia o pai, seguindo o caminho perto do velho galpão. Próximo à água, ele viu o cabelo de Nils no lugar da praia em que ele gostava de ficar quando queria ler em paz. E, logo acima de Benjamin, a mãe dormia. Ele tinha familiaridade com cada passo dela quando estava acordada, sabia em quais sons prestar atenção. Aqueles primeiros passos incertos quando os pés descalços batiam no piso do quarto e, logo depois, um som feito uma chicotada quando ela erguia a persiana que batia na moldura. Uma janela se abria, e então vinha a chuva dourada do lado de fora da janela da cozinha quando ela esvaziava o penico que usava quando não estava a fim de descer até o andar de baixo durante a noite. O pequeno rangido quando a porta do quarto se abria, então, de repente, passos ligeiros na escada, e logo ela estava na cozinha. Ele pensou a respeito dos riscos e das consequências para o caso de alguém o descobrir, mas haveria sinais de alerta de sobra, tempo de sobra para fugir. Ele se levantou e se esgueirou até o hall, onde a bolsa da mãe estava pendurada em um gancho. Achou a carteira dela e espiou um universo adulto, tantos cartões de crédito nas pequenas aberturas, recibos e notas de estacionamento revelando uma vida rica, indícios das coisas maravilhosas de que ela fazia parte quando abandonava a família para ir trabalhar. Na divisão para o dinheiro, havia notas de cem coroas, e de cinquenta e de dez, umas ao lado das outras. Havia uma quantidade incrível de dinheiro ali. Ele tirou com cuidado uma nota de dez, segurou entre o polegar e o indicador. Estendeu a mão mais uma vez de volta à bolsa para guardar a carteira.

— O que você está fazendo?

A mãe olhava fixo para ele do meio da escada. O roupão aberto, o cabelo arrepiado, marcas de travesseiro na bochecha. Não dava para acreditar; aquilo era impossível. Como ela podia, de repente, aparecer sem mais nem menos, sem absolutamente nenhum aviso? Parecia que ela nem tinha ido para a cama na noite anterior, parecia que tinha passado a noite inteira na escada, sentada ali no escuro, esperando em silêncio pelo amanhecer, por aquele momento.

— Responda à minha pergunta, Benjamin. O que você está fazendo?

— Eu queria pegar emprestada uma nota de dez para a cápsula do tempo, mas você estava dormindo e...

Ele ficou em silêncio. A mãe desceu a escada, pegou Molly do colo de Benjamin e a colocou com cuidado no chão. Deixou que ela saísse correndo antes de se voltar para Benjamin. Ficou olhando para ele por um momento em silêncio. Mostrou os dentes em uma careta rápida.

— Não pode roubar! — ela berrou.

— Desculpa, mãe — ele disse. — Desculpa.

— Devolve aqui.

Ele entregou a nota a ela.

— Vamos ficar sentados aqui um minuto.

Ela se acomodou no banco do hall e Benjamin se sentou ao lado dela. Duas silhuetas de repente do outro lado da janela: os irmãos tinham ouvido a mãe berrar e estavam ali para ver o que estava acontecendo. Apertaram o nariz contra a vidraça e Benjamin olhou nos olhos deles.

Ele olhou para a porta, na esperança de que o pai voltasse; ele sabia que era perigoso quando a mãe se irritava e ficava sozinha com ele.

— Quando eu tinha dez anos, quem sabe nove... — a mãe começou.

Ela ergueu os olhos, examinou o teto e soltou uma risadinha, como se tivesse acabado de se lembrar de um detalhe engraçado na história que estava prestes a contar.

— Eu tinha nove. Um dia, roubei uma moeda de uma coroa do bolso do casaco do meu pai. Montei na minha bicicleta e disparei para o mercado, porque eu tinha resolvido comprar um pirulito. Mas, no meio do caminho, eu parei... por arrependimento. Fiquei pensando. E fiquei lá parada durante muito tempo, angustiada. Então voltei apressada e, quando cheguei em casa, me esgueirei para o hall e coloquei a moeda de volta no bolso do casaco dele.

No silêncio que se seguiu, Benjamin ergueu os olhos para a mãe. A história tinha terminado, isso estava claro, mas ele não entendeu. Não havia nenhuma lição: era vaga, confusa. O que ela queria dizer? Será que ela queria que ele devolvesse a nota à carteira dela?

— Mas isso... — Ela segurou a nota na frente dele. — Roubar dinheiro, isso é uma coisa que simplesmente não se faz.

— Desculpa.

— Por que você fez isso?
— Porque eu sabia que você não ia me dar o dinheiro.
Ela olhou para ele.
— Vá para o celeiro subterrâneo e pense no assunto por um tempo — ela disse.
— Para o celeiro subterrâneo?
Esse era um tipo novo de castigo. Antes, ela sempre mandava que ele fosse para a sauna, quando não estava ligada. E ele tinha que ficar lá sentado sozinho, no banco mais alto, para pensar sobre seus erros. Os métodos de educação da mãe eram severos e baseados em regras, mas, ao mesmo tempo, inconsistentes. A mãe era rígida, mas ambígua. Ele nunca sabia quando terminava o tempo que ele tinha que passar na sauna, quando tinha permissão para sair de lá. Precisava descobrir sozinho. Isso significava que, depois, ele ficava andando de um lado para o outro com a consciência pesada, sem saber se tinha saído cedo demais. Mas o celeiro subterrâneo era uma coisa completamente diferente. Ele detestava a escuridão fria e úmida lá dentro. Nas vezes que o pai tinha pedido para ele ir até lá buscar uma cerveja, ele fazia questão de deixar a porta de dentro e a de fora bem abertas, então mirava no seu alvo quando entrava correndo, em sua rápida incursão na escuridão, e logo saía.
— Posso deixar as portas abertas? — ele perguntou.
— Pode, tudo bem.
Ele se levantou imediatamente e saiu da casa; Pierre e Nils desviaram o olhar quando passou por eles. Parou na frente do celeiro subterrâneo com a mão na maçaneta da porta apodrecida enquanto erguia os olhos para o paredão de árvores que se assomava acima dele. Ele se virou para trás e viu a mãe olhando de uma das cadeiras do pátio. Ela pegou um cigarro e se

inclinou para baixo da mesa para poder se proteger da brisa e acender. Ele entrou no pretume. O ar frio o pegou de surpresa. O cheiro de terra. Quando seus olhos se ajustaram, ele conseguiu enxergar os contornos do lugar. Encostados em uma das paredes, havia um pacote de seis cervejas e uma caixa de iogurte. Algumas porcarias deixadas ali de verões passados, um saco plástico e a caixa de um bolo que tinham comprado para o aniversário da mãe havia muito tempo. No meio do celeiro havia um engradado de cerveja vazio, que ele virou de cabeça para baixo para poder se sentar. Baixou os olhos para os pés descalços contra o piso áspero. Observou os pelos arrepiados se erguerem nas coxas. Queria ter trazido um casaco, porque ia passar frio. Através da portinha ele enxergava o verão. Viu o emaranhado de arbustos de groselha e um canto do campo de futebol deles, os fundos da sauna onde as redes estavam penduradas. Viu a cachorra atravessando a grama alta, chegando até perto da abertura e parando na entrada para dar uma olhada lá dentro.

— Vem aqui, Molly — Benjamin sussurrou.

Ela deu um passo para dentro da escuridão, tentando enxergar Benjamin.

— Molly — a mãe chamou do pátio. — Vem aqui.

Molly se virou para olhar para a mãe e então retornou a Benjamin.

— Oi, oi — a mãe chamou, cantarolando. — Vem, vamos comer alguma coisa.

A cachorra saiu correndo e logo sumiu da vista.

Benjamin observou quando uma rajada de vento de repente soprou pelo pátio, atravessou a copa das árvores perto do lago e subiu até a casa e, quando chegou ao celeiro subterrâneo, fechou a porta com toda a força. Tudo ficou escuro. Benjamin soltou um berro e lançou as mãos à frente de si, e foi cambaleando adiante até encontrar uma parede com a ponta dos dedos. Achou que, se simplesmente a seguisse, logo encontraria a porta, tateando pela superfície áspera, mas parecia que só encontrava mais escuridão e achou que em breve nunca mais seria capaz de encontrar o caminho de volta. Finalmente, sentiu uma forma de madeira, deu chutes enlouquecidos, e a porta se abriu de supetão. Ele tinha decidido não chorar, mas agora não conseguia se conter. Queria sair, apesar de saber que a mãe o mandaria de volta para dentro imediatamente. Então ele teve a sensação de perder o chão, de ser içado para fora da realidade. Aquilo acontecia com ele cada vez com mais frequência, e ele nunca sabia dizer quando aconteceria de novo. Na aula de música, quando estavam tocando bateria e o professor mostrou como tocar o prato com mais e mais suavidade, tinha algo naquele som que ia sumindo devagar, que ia escapando dele, uma ameaça de que, de algum modo, o silêncio pudesse significar o seu fim, e ele soltou um berro enlouquecido ali na sala de aula mesmo e acordou em um lugar diferente, com o rosto dos pais pairando sobre o seu.

Ele olhou através da abertura para se ancorar nos objetos que sabia estarem ali. E talvez tenha sido seu estado emocional, ou as lágrimas, ou talvez fosse a absoluta escuridão ali dentro e o absoluto clarão lá fora, que fez as cores mudarem; elas ficaram mais nítidas, mais bonitas. Como se ele estivesse em um cinema escuro assistindo a um filme antigo sendo projetado pela porta para dentro do celeiro subterrâneo. O poste elétrico cinzento ficou branco diante de seus olhos. A água escureceu até um azul cor de corvo. O gramado reluzia, ardente. E lá estava o pai, voltando do galpão, rodeado por um halo, parecia um personagem de conto de fadas, uma figura luminosa que estava de passagem. O pai avistou a porta aberta do celeiro.

— Caramba, o que foi que eu disse sobre isso? — Ele se dirigiu à porta. — Esta porta precisa estar sempre fechada.

— Não, não feche — a mãe disse, com toda a calma, de sua cadeira.

— Por que não?

— O Benjamin está aí dentro.

— Como assim?

A mãe não respondeu. Benjamin observou o pai olhar dentro do celeiro cheio de surpresa e depois se virar para a mãe.

— O que ele está fazendo aqui dentro?

— Ele roubou dinheiro de mim.

— Ele roubou dinheiro?

— Roubou. Então agora ele tem que ficar aí dentro um pouco.

O pai deu um passo na direção do celeiro subterrâneo; estava bem na frente. Apertou os olhos para tentar enxergar na escuridão. O pai só estava a três metros de distância, mas não conseguia enxergá-lo. Ainda assim, Benjamin estava ali sentado em seu engradado, observando o pai com suas cores e contornos, observando-o enquanto iluminava toda a entrada, uma figura enorme rodeada por um brilho dourado maravilhoso. O pai tirou o boné de pescador e coçou a cabeça, parado na porta por um instante, perdido em pensamentos. Olhou para a mãe e mais uma vez para a escuridão. Então seguiu seu caminho.

Benjamin não sabe quanto tempo ficou ali. Uma hora? Duas? Observou o sol se mover lá fora, criando novas sombras, observou as nuvens irem e virem. No silêncio e na escuridão, ele via e escutava tudo, com uma superaudição; ouviu o vento fazer janelas baterem, ouviu a bomba-d'água quando alguém deu descarga, ouviu andorinhas raspando a madeira, e, quando a mãe se aproximou da porta do celeiro subterrâneo e disse que ele podia sair, seus ouvidos doeram, tinindo com o som.

Benjamin caminhou até o galpão, onde Pierre estava sentado no chão com seus gibis. Pierre ergueu os olhos para ele.

— Oi — ele disse. — Saiu? Quer terminar a cápsula do tempo?

Benjamin assentiu.

Os irmãos passaram pelo pátio, onde a mãe tinha se acomodado com o jornal.

— Aliás, podem ficar com isto aqui. — A mãe apontou, sem erguer os olhos, para o buquê de margaridas que estava em um copo sujo em cima da mesa.

Benjamin pegou as flores e a caixa de pão e eles desceram até o lago. Ajoelharam-se ao lado da sauna e cavaram um buraco para a cápsula do tempo. Fazia pouco tempo que o pai tinha plantado uma árvore bem ao lado da sauna, então a terra tinha sido remexida recentemente e estava fácil de cavar. Pierre ajudou um pouco, mas logo se entediou quando pareceu demorar demais, então saiu para jogar pedras na casa de barcos, que não ficava muito longe. Benjamin queria que o buraco fosse fundo, para que a cápsula não fosse encontrada cedo demais por engano. Limpou o suor da testa e viu o pai se aproximando pelo caminho estreito. Benjamin fingiu não ver e continuou cavando. Sentiu a presença do pai ali parado olhando para o seu menino.

— Como você está, filho?

Ele não respondeu, só golpeava a terra com a pá, deixando o buraco mais fundo.

— Está cavando? — o pai perguntou.

— Estou.

— Tenho uma coisa para a sua cápsula do tempo.

Benjamin ergueu os olhos. O pai estendia para ele a nota de dez coroas.

— Mas é o dinheiro da mãe.

— Ela não precisa saber.

O pai se agachou. Benjamin abriu a caixa de pão e colocou a nota de dez lá dentro. Então, taparam o buraco.

| 9 |

16 horas

Eles voltam caminhando pela floresta em fileira, passos pesados atravessando as clareiras onde corriam quando crianças. Seguem devagar no último trechinho íngreme colina abaixo, segurando nas árvores para não perder o controle, e escapam para o sol escaldante. Acomodam-se na mesinha logo ao lado da casa. Pierre se afasta e remexe dentro do carro por um instante, então volta com algumas latas de cerveja.

— O carro está com cheiro de carne moída — ele diz. — Quem diabos trouxe carne moída?

— São os pierogi do congelador da mãe... descongelaram — Nils explica. — Quer um?

Pierre dá risada, não responde e segura algum comentário desagradável. A cerveja está quente, chia e faz espuma, e os irmãos bebem em silêncio enquanto observam o lago. O telefone de Benjamin toca, é de um número desconhecido; ele silencia o aparelho, mas continua tocando. Toca mais uma vez. Benjamin silencia o aparelho mais uma vez.

— Não vai atender? — Nils pergunta.

— Caramba, não — Benjamin resmunga.

Chega uma mensagem de texto. Benjamin lê, primeiro em silêncio, depois em voz alta, para os irmãos:

— "Olá, aqui é o legista Johan Farkas. Fui eu que abri a sua mãe e, se quiser informações sobre a causa da morte, por favor me telefone."

— Não, obrigado — Pierre diz. — Não quero saber.

— Fala sério — Nils intervém. — Claro que nós vamos ligar.

Benjamin joga as mãos para o alto, para indicar que cabe aos irmãos decidir o que ele deve fazer.

— Ligue para ele — Nils pede.

Benjamin digita o número e coloca o telefone entre os irmãos na mesa. Ele diz seu nome e imediatamente ouve um som conhecido de eco do outro lado da linha quando alguém liga o viva-voz e pega o aparelho, então uma voz fala:

— Ah, que bom.

A satisfação de que o contato foi feito.

— Bom — começa o legista —, as circunstâncias da morte da sua mãe foram um pouco, hum, como devo colocar...

Benjamin escuta um barulho no fundo, como se o patologista estivesse falando com eles e ao mesmo tempo esvaziando uma lava-louças.

— Havia algumas coisas que não ficaram claras, por assim dizer.

— Sim, nós estamos cientes disso — Benjamin afirma.

— Certo — o legista solta, como se não estivesse prestando atenção, e fica em silêncio; Benjamin escuta quando o homem folheia documentos. — Espere um segundo.

Abrir. Como é que se pode dizer isso a respeito de alguém? Benjamin de repente imagina a mãe, aberta. Lá está, ela deitada em uma mesa de exame estéril, três andares abaixo do térreo, no subsolo, no hospital, fria e sozinha. A barriga da mãe feito uma rosa de pele, e, escondida em algum lugar de suas entranhas viscosas, a resposta ao mistério, anotada no papel pelo legista que está debruçado por cima dela, informação que será passada para as partes envolvidas, filhos que querem saber o que aconteceu, por que tudo foi tão rápido, como foi possível uma pessoa estar planejando uma viagem ao Mediterrâneo em um dia e ter morrido de maneira torturante no dia seguinte.

— Bom, o que nos deixou confusos foi a maneira como tudo evoluiu tão rápido. Então, mais ou menos imediatamente depois da morte dela, resolvemos dar uma olhada para ver o que aconteceu.

— E o que vocês descobriram?

— A sua mãe tinha tido um tumor na glândula tireoide, você sabia?

— Sabia — Benjamin diz.

— Ela também tinha uma inflamação na cavidade abdominal. Nós encontramos uma perfuração na parede do estômago dela, e o ácido estomacal vazou, digamos assim, fazendo com que partes cada vez maiores da barriga ficassem inflamadas. Infelizmente, essa é uma condição que causa muita dor.

Os irmãos se entreolharam ao redor da mesa do pátio. Porque tinham estado presentes, eles sabiam o que era aquela dor, tinham visto traduzida no rosto dela em suas últimas horas de vida, como apareceu primeiro nas sobrancelhas tortas e nos lábios tensos e apertados. Depois ficou pior. Ela gemia e reclamava, agarrava os funcionários do hospital e dizia coisas cruéis a eles. Apertava o botão para que os enfermeiros aparecessem à porta. Quando ela disse que estava com dor de estômago, um enfermeiro perguntou se ela queria um antiácido.

— Um antiácido? — a mãe tinha falado. — Você acha que isto aqui é azia ou algo assim? — Ela ficou encarando o enfermeiro, a boca aberta, os olhos cintilando de desprezo. — Meu estômago está queimando! Não está entendendo? Está queimando feito fogo! — Apesar de ela ser tão pequena e impotente, ele sentiu o terror que vinha atrelado a ouvir a voz dela se erguer em falsete, aquele som estridente tão conhecido da infância, de quando ela explodia.

Ela ficou gritando durante horas. Depois caiu no silêncio.

Ainda totalmente consciente, com os olhos fixos na parede na frente da cama, agora não dizia mais uma palavra. Os irmãos tentaram fazer contato, fizeram gestos na frente do seu rosto, chamaram seu nome. Mas ela não queria mais falar. Era como se se recusasse, em protesto contra a dor.

E então aquela coisa aconteceu com o rosto dela. A boca devia estar seca; o lábio superior colou à gengiva. O rosto congelou em uma careta, os dentes da frente criaram um escárnio que agora invadia a mente de Benjamin várias vezes por dia. Aquele silêncio era tão alheio a ela. Ela vivia em fúria, mas suas duas últimas horas se passaram sem um som sequer. Ela ficou lá deitada na cama, em silêncio, com os dentes brilhando à luz fraca da tarde. Um dos irmãos perguntou a um médico se ela estava consciente, se conseguia escutá-los. Afinal de contas, os olhos dela estavam abertos. Não, os médicos na verdade não sabiam dizer.

soa morta e ficar mostrando por aí. Você fez a mesma coisa quando o pai morreu. Eu não quero ver fotos dos meus pais mortos.

— Não tem nada de feio na morte... Talvez já esteja na hora de você se dar conta disso.

— Você pode por favor simplesmente respeitar que eu não quero me dar conta disso? Não quero ver e pronto — Pierre declara. — Um filho de luto não quer ver fotos dos pais no momento em que morreram.

— Luto... — Nils resmunga. Ele toma um gole de cerveja.

— Como assim? — Pierre retruca. — O que você quer dizer?

— Você com certeza parece estar afundado em pesar.

— Cale a boca. O luto de cada um é diferente!

Silêncio ao redor da mesa.

— Você não pode simplesmente aceitar? — Pierre insiste.

— Não quero ver fotos da minha mãe morta. Tira esta merda da minha frente.

Nils não responde. Ele pega o telefone e começa a examinar alguma coisa, sorrindo e nervoso, passando pelos vários aplicativos aleatoriamente, e aos poucos o sentimento de ter sido contrariado começa a emanar dele. Pierre nem repara, mas Benjamin com certeza sente quando o ressentimento de Nils por ter levado bronca e ser humilhado se desenrola em um estado de melindre contra o qual ele luta em silêncio. Ele se levanta e entra na casa.

— Pierre — Benjamin sussurra. — Aquilo foi desnecessário, não acha?

— Mas ele é louco, não é? Eu queria dar uma porrada nele lá no hospital, quando ele começou a tirar fotos dela. Mas, quando ele começa a me forçar a olhar para elas, me deixa louco.

Até que a mãe fechou os olhos. Mais e mais pessoas entravam no quarto à medida que o estado dela ia piorando, então, quando ficou determinado que nada podia ser feito, saíram. Aumentaram a dose de morfina para aliviar a dor, e talvez isso tivesse tornado as coisas mais toleráveis para ela, mas ninguém tinha certeza, porque aquela careta permaneceu em seu rosto, mesmo depois de ter sido levada até a capela, e, agora que o legista está falando da dor que a mãe deve ter sentido, é a despedida silenciosa da mãe ali na cama de hospital que Benjamin imagina mais uma vez. Ainda enquanto está agradecendo ao legista por ter ligado e desliga o telefone, e enquanto os irmãos ficam ali sentados sem falar, com os olhos fixos nas latas de cerveja, a imagem pipoca em sua mente. Aquele sorriso torto mudo, recusando-se a deixá-lo em paz.

— Você acha que a sauna está pronta? — Pierre pergunta a Benjamin.

— Eu liguei faz uma hora — Benjamin responde. Ele olha para o relógio. — Deve estar quente.

Nils entrega o telefone a Pierre.

— Tirei algumas fotos que acabaram ficando boas — Nils informa. — Deslize para a direita para ver mais.

No celular de Nils há uma fotografia da mãe em seu leito de morte. Pierre resmunga e devolve o aparelho para Nils.

— Por que nós precisamos olhar para isso? — Pierre pergunta.

— Eu acho bacana. Dá para ver que ela está em paz.

— Em paz? Ela obviamente está com dor.

— Não, ela está morta aqui. Não dá para sentir dor se você estiver morto.

— Para começo de conversa, por que você foi tirar essas fotos? — Pierre quer saber. — É uma perversão. Tirar fotos de uma pes-

— A gente tem que tentar fazer isto aqui para poder realizar os desejos finais da mãe. Então, é preciso que não briguemos.

Pierre não responde. Ele inclina a cumbuquinha de batatas chips que Nils trouxe para fora, mas não sobrou nenhuma. Ele baixa os olhos para a mesa por um momento, então se levanta e entra na casa. Benjamin enxerga as costas dele através da janela aberta da cozinha, escuta a sua voz firme.

— Desculpa, eu não queria ter sido tão duro com você por causa das fotos.

Nils, sentado à mesa da cozinha, ergue os olhos.

— Não precisa se preocupar — ele diz. — Foi o momento errado de te mostrar.

Pierre estende os braços, Nils se levanta, e soa como aplauso quando eles dão tapinhas nas costas um do outro. Benjamin sente a pele do rosto esticar e percebe que está sorrindo. O abraço é breve, mas não faz diferença porque de fato aconteceu, e, por um momento ou dois, Benjamin fica lá sentado no pátio com uma sensação de satisfação absoluta, como quando você desembaraça uma rede emaranhada depois de uma noite de ventos fortes e carregamento abundante, e parece impossível, parece que vai ser necessário jogar fora a rede toda. Mas então você faz uma volta em uma direção inesperada e mal precisa usar força e ouve um chiado e a rede se solta, desliza para fora das suas mãos e se ajeita sozinha, bem direitinho, nos ganchos da parede.

Pierre e Nils aparecem nos degraus de pedra. Pierre tem nas mãos três latas de cerveja.

— Chegou a hora dos manos irem para a sauna!

E eles caminham pela trilha estreita até o lago. Ficam parados um na frente do outro no terracinho da sauna e tiram a roupa; devagar e um tanto relutantes, os irmãos se desnudam.

Benjamin vê as cicatrizes de queimadura idênticas no queixo dos irmãos, de quando eles esfregaram borracha de apagar lápis um na pele do outro até começarem a gritar e ficar com cheiro de cabelo e pele queimada, e o pai percebeu o que eles estavam aprontando e deu tapas para tirar as borrachas da mão deles. Ele vê o pé de atleta de Pierre, a pele vermelha entre os dedos dos pés. Benjamin observa as costas nuas de Nils na sauna. A coleção de pintas continua lá, feito um tiro de chumbinho espalhado de pontos marrons que pegou no meio da escápula dele.

| **10** |

A mão fantasma

Com os dedos vermelhos e urrando, Pierre e Benjamin estavam acertando as mãos um do outro com um mata-moscas, mas logo receberam a ordem de ficar quietos e foram expulsos da cozinha pela mãe e pelo pai. Era necessário que houvesse paz e silêncio, porque coisas importantes estavam acontecendo ao redor da mesa da cozinha. Benjamin e Pierre se sentaram na escada com uma boa visão para os papéis gastos de tanto manuseio, os recibos e os cálculos na mesa. O pai pegou um pedaço de papel, ficou olhando para ele com toda a seriedade e devolveu para o lugar de onde o tirou. Nils estava na ponta curta da mesa, assinando um documento; a mãe logo colocou o papel assinado de lado e forneceu mais um, a mãe e o pai estavam fazendo isso havia muito tempo, sentavam-se com Nils e criavam estratégias, balbuciando em tom grave, apontando e trocando papéis. Hoje era o último dia para fazer a inscrição nas escolas de ensino médio, e era isso. Todos os documentos tinham que ser enviados para que o filho mais velho deles pudesse ser guiado adiante para o mundo acadêmico.

Durante vários anos, os esforços de Nils na escola tinham lhe garantido uma posição especial com a mãe e o pai. Ele era a grande esperança da família, era aquele que faria alguma coisa da vida. Sempre tinha sido assim. O desempenho dele no primeiro ano fora tão excepcional que Nils conseguiu pular o segundo e ir direto para o terceiro, e cada vez que chegava em casa da escola tinha alguma coisa na mochila para exibir, um ou outro triunfo. Trabalhos redigidos que os pais liam animados, em voz alta, um para o outro, ou lições da escola que eram examinadas e discutidas. Quando Nils chegava em casa com o resultado de uma prova importante, a mãe sempre reunia a família, não abria o envelope pardo até todos estarem presentes, pegava os óculos de leitura e decodificava o resultado em um silêncio concentrado enquanto Nils ficava parado ao lado dela, esperando com uma postura nervosa, uma mão na cintura e a outra apoiada na coxa. Finalmente, quando a mãe compreendia o alcance do sucesso de Nils, ela sacudia a cabeça e olhava por cima dos óculos com um sorriso.

— Você é ridículo — ela dizia.

E sempre a mesma coisa quando erguia a prova para Benjamin e Pierre verem:

— É assim que se faz!

Estava chovendo lá fora. Nenhuma luz estava acesa, tirando a do teto, que lançava um brilho amarelado sobre o futuro de Nils na mesa. Benjamin e Pierre estavam sentados na parte escura e sombria da escada, observando o que acontecia na cozinha, escutando essas conversas fundamentais.

— Tem certeza que quer escolher alemão? — a mãe perguntou, baixando os olhos para um documento.

— Tenho, acho que sim — Nils respondeu.

— Bom. É uma pena não ser francês. Acho que você iria adorar essa língua; é tão refinada e linda.

— Eu queria ver se não dá para adicionar uma língua além do currículo, assim eu posso estudar francês e alemão. Só quero me acostumar com a escola e com os estudos primeiro.

Os pais orgulhosos se entreolharam. Benjamin olhou para Pierre e viu que ele estava lentamente estendendo o dedo do meio na direção de Nils. Benjamin deu uma risadinha e imitou o gesto.

— Vai se foder — Pierre sussurrou.

— Vai se foder — Benjamin sussurrou.

— Vai se foder para sempre — Pierre sussurrou de novo. Benjamin o empurrou para o lado.

— Ah, não — Benjamin disse, olhando para seu dedo do meio.

— O que foi? — Pierre perguntou.

— Não está vendo? Mão fantasma.

Pierre observou a mão de Benjamin mudar, os dedos dele se esticando até parecerem os galhos retorcidos de uma árvore morta, e a mão de repente se virou para ele. Pierre se levantou de um salto e disparou escada abaixo, e Benjamin saiu correndo atrás dele, perseguindo o irmão pela cozinha, então o capturando e o jogando no chão.

— Mão fantasma! — ele exclamou. — Não sou eu! É alguma outra pessoa controlando a minha mão!

Benjamin virou Pierre de barriga para cima e usou os joelhos para prender os braços dele no chão, e então ele fez cócegas na barriga, no peito e nas axilas de Pierre.

— Para! — Pierre gritou, tentando se desvencilhar.

— Como eu vou parar? Não sou eu!

Benjamin fez cócegas com mais força; Pierre não conseguia respirar, o rosto dele se contorcia em uma careta de felicidade, e, apesar de Benjamin estar escutando as reclamações da mesa da cozinha, os urros de Nils e os barulhos horrorizados do pai, ele continuou, porque havia luz e ar na risada borbulhante de Pierre, e Pierre deu risada sem soltar nenhum som e virou a cabeça para a esquerda e para a direita de novo e então começou a chorar. Benjamin largou.

— Que foi? — ele perguntou. — Machucou?

Pierre não respondeu. Ele se virou de lado e enterrou o rosto nas mãos. Benjamin se levantou e viu uma poça de urina brilhando no piso de madeira e viu a mancha escura na braguilha do jeans de Pierre. Molly alcançou a poça primeiro; ela olhou de relance e se afastou.

— Mãe... — Benjamin disse, apontando com a cabeça para a poça.

— Ai, meu Deus. — Ela se levantou.

Ela encontrou uma esponja de lavar louça e largou dentro do líquido, então levou a esponja para a pia e torceu. O xixi escorreu por entre os dedos quando ela apertou, mas ela não se incomodou. Ela não se abalava com fluidos corporais, e sempre tinha sido assim. Era certeza que sempre se incomodava quando o pai esquecia de erguer o assento da privada e deixava pingar ali; ela gritava com ele, mas nunca se deu o trabalho de limpar, só se sentava e deixava que a parte de trás de suas coxas absorvesse o xixi. A mãe então usou o pano de prato. Benjamin foi até Pierre, que estava chorando no chão.

— Não é nada de mais — Benjamin disse. Ele pousou a mão nas costas do irmão. — Acontece comigo o tempo todo.

— Não, não acontece — Pierre respondeu entre soluços.
— Claro que acontece. Espera!
Benjamin fingiu conferir a si mesmo; olhou para o teto.
Pierre ergueu os olhos de trás dos dedos.
— Agora eu fiz xixi na *minha* calça — Benjamin anunciou.
Pierre deu risada por entre as lágrimas. A mãe torceu o restinho na pia.
— Vá trocar de roupa — ela disse a Pierre. A mãe pegou o jornal e o cigarro dela e foi para a sala.

O pai concluiu a cerimônia na mesa da cozinha e enfiou o maço grosso de papéis em um envelope. Deixou a língua frouxa e bestial pendurada para fora dos lábios ao passar a fileira de selos por ela, então colou no envelope. Um número enorme de selos. Entregou a carta a Nils.

— Este é um grande dia — o pai disse. A voz dele embargou. — Meu garotão. — Soluçando, ele abraçou o filho. Nils tentou, desajeitado, participar do abraço. A têmpora encostada na do pai, os braços moles, feito tubos de carne em volta da cintura do pai. — Está na hora de ir — o pai chamou, e Nils correu para o andar de cima para se trocar.

Benjamin saiu para se sentar nos degraus de pedra, ficou olhando para a encosta e para o caminho estreito onde Nils logo iria desaparecer. A trilha era o único jeito de chegar até lá. E era o único jeito de sair. Era igual a um intestino fininho de cascalho que ligava a casinha à realidade. E, se fosse tomada pelo mato, o lugar ficaria uma loucura; teria perdido toda a razão de ser. De vez em quando, Benjamin simplesmente se sentava ali e ficava olhando para a trilha, mais para garantir a si mesmo que ela ainda estava lá, no lugar em que ele tinha visto pela última vez. Algumas vezes a cada verão, o pai saía com a foice e cortava o capim que crescia entre as marcas de pneu para garantir passagem livre. As crianças iam atrás, mas tinham que se manter afastadas; sempre que chegavam perto demais, ele soltava um berro agudo e apontava para a lâmina da foice.

— Isso aqui pode cortar uma perna fora e vocês nem vão sentir.

Enquanto os irmãos se entediavam e iam embora, Benjamin seguia o pai até o fim, parando atrás dele e supervisionando. Quando terminavam, davam uma olhada para o que tinham conseguido fazer.

— É assim que deve ficar — o pai dizia. — Igual a uma xoxota comprida de capim. — Ele dava risada e desgrenhava o cabelo de Benjamin, e os dois voltavam pelo caminho.

Benjamin voltou os olhos para a mobilete de Nils, que estava estacionada na frente do celeiro subterrâneo. Nils não tinha nem catorze anos, mas a mãe e o pai confiavam nele; sabiam que ele era um condutor cuidadoso. Benjamin nunca tinha tido permissão para experimentar a mobilete, mas, quando Nils ganhou de presente, deixou que ele ficasse ao lado da máquina, acelerasse em ponto morto, e Benjamin sentiu a potência e se deu conta do que a mobilete era capaz. Era uma maneira de sair, de chegar ao outro lado. Agora Nils tinha oportunidades novinhas em folha para escapar. O garoto que sempre ficava na dele de repente tinha um meio para desaparecer mais rápido do que nunca, e até ir mais longe. E Benjamin ficou parado ao lado da mobilete e acelerou com a mão direita enquanto Nils tomava conta com muito cuidado de seu veículo. Benjamin percebeu que a mobilete mudaria tudo, que o deixaria decididamente sozinho, e ele acelerou e acelerou, fazendo o motor roncar para abafar o próprio desespero.

Toda manhã, Nils saía para a cidade, onde tinha arrumado um trabalho de verão em um mercado, mas ele também voltava todo fim de tarde com gostos da cidade. Após seu expediente, Nils limpava o balcão de doces a granel e, em vez de jogar fora o que os clientes tinham derrubado no chão, juntava em um saquinho e dava para Benjamin e Pierre. Eles derramavam o conteúdo na mesa da cozinha, tiravam os cabelos e as bolas de poeira da pilha, esfregavam para tirar a sujeira e as melecas, separavam os pedaços mais combalidos, as bananas de goma pisoteadas que ainda exibiam marcas de sapato, os chocolatinhos que tinham ficado achatados feito moedas de cinco coroas. E daí corriam para a beira do lago com seu espólio para poder comer tudo em paz. Aquilo se tornou uma tradição: Nils chegava em casa com doces sujos e Benjamin e Pierre se acomodavam à beira do lago, olhando para a água, enchendo a boca, e às vezes os doces guinchavam e estalavam contra os dentes deles quando mordiam uma sujeirinha que logo cuspiam nas pedras e davam risada.

Pierre se trocou e se sentou nos degraus de pedra com Benjamin para observar enquanto Nils se afastava. Nils estava se preparando para a viagem. Vestiu o capacete superdimensionado e apertou os pneus para conferir se estavam bem cheios. Colocou o envelope em uma sacola plástica e prendeu ao suporte de carga, e o pai conferiu para garantir que ele tinha prendido direito. Então ele saiu para o mundo, primeiro até uma caixa de correio para garantir seu futuro, depois para o trabalho, e Benjamin observou quando ele desapareceu encosta acima, escutando o som do motor, que acabou sendo abafado pelo vento, e soube o que Nils estava sentindo no corpo, porque agora estava a caminho, a caminho da outra ponta da trilha de cascalho, e ele mesmo tinha estado lá, nas vezes que obtivera permissão para acompanhar os pais quando saíam para fazer compras. Era como se fosse uma atração gravitacional, a trilha de cascalho era feito um portal para outra dimensão, você ia rápido e meio que perdia o controle até que no fim era cuspido do outro lado, no asfalto bem conservado, em um lugar que se parecia com uma comunidade, onde havia casas dos dois lados da estrada. Às vezes, em sua solidão, ele pensava sobre a outra ponta do caminho de cascalho e sobre como a vida começava lá.

O pai se sentou ao lado de Benjamin e Pierre.

— E então, meninos? — ele disse, olhando para o pátio. — Mas que tempinho de merda é este...

Molly se esgueirou escada acima e se acomodou no colo de Benjamin. O pai logo a agarrou, prendeu a cachorra contra o próprio corpo e acariciou a cabeça dela com gentileza. O pai tinha se decidido a domar o medo dela, forçá-la a aceitar seu amor. Algumas vezes a cada dia, ele ia atrás dela para demonstrar sua ternura.

— Por que vocês não fazem um pouco de carinho nela também? — ele disse a Pierre.

Pierre passou a mão na cabeça dela, e Benjamin percebeu o medo emanando; estava rígida, com medo e em estado de alerta, pronta para sair correndo assim que tivesse oportunidade.

— O que nós vamos fazer hoje, com este tempinho de merda? — o pai quis saber.

— Não sei — Benjamin respondeu.

— Por que vocês não vão fazer uma aventura na floresta?

Pierre e Benjamin não responderam.

— Vocês podem levar a Molly.

— Ela nunca quer ir a lugar nenhum com a gente — Pierre respondeu.

— Claro que quer. O Benjamin pode tomar conta dela.

Quando o pai parou de agarrar Molly, ela imediatamente tentou fugir. O pai xingou, observou enquanto a cachorra desaparecia para dentro da casa, escutou os uivos dela, e, da escuridão turva lá dentro, através dos véus de fumaça de cigarro na sala, escutaram a voz da mãe, contorcida e infantil, que a chamava:

— Oi, oi. — E Molly deslizou para dentro da névoa.

Pierre e Benjamin vestiram capas de chuva, calçaram botas e saíram. Seguiram o fio de eletricidade que ia da casa e subia através dos ciprestes, e Benjamin achou que, enquanto aquele fio preto no ar estivesse à vista, ele saberia voltar. Chovia mansinho; a floresta parecia pesada. Eles saltavam entre as pedras escorregadias. Penetraram na floresta mais do que o habitual, atrás do caminho tomado de vegetação que levava ao açude, passando pelos pedregulhos que se espalhavam pelo lamaçal. Continuaram caminhando no lugar em que a floresta ficava mais densa.

— Olhe para aquilo — Pierre disse e apontou para uma pequena elevação.

Passando as árvores altas, havia uma subestação de eletricidade. Uma pequena construção rodeada por fileiras de postes, lanças pretas com pontas brancas, como se fossem foguetes de fogos de artifício apontados para o céu. E do lado de fora da cerca havia duas estruturas maiores, postes altíssimos feito teias de aranha de aço de ambos os lados da construção, enviando seus cabos pretos em três direções através da floresta.

— O que é? — Pierre quis saber.

— É dali que vem toda a eletricidade — Benjamin contou a ele. Deu alguns passos na direção da construção. — Vamos dar uma olhada.

Uma cerca de segurança alta rodeava a construção; nela, havia placas amarelas mostrando raios vermelhos. Benjamin ergueu os olhos e viu as linhas de força, cabos pretos dividindo o céu baixo e cinzento em campos perfeitos. Ele olhou para a construção, para sua fachada manchada; os tijolos estavam se soltando e faziam pequenas pilhas na base. Duas janelinhas do lado de trás faziam com que se parecesse com uma casa. Quando chegaram à frente, viram que a porta estava escancarada.

— Será que abriu com o vento?

— Parece que não — Benjamin respondeu. — Foi arrombada.

— Por que alguém iria arrombar essa porta?

— Não sei.

Benjamin e Pierre ficaram lado a lado perto do alambrado, com os dedos atravessados nas aberturas do arame, tentando espiar através da porta aberta, mas não conseguiram enxergar nada, só escutavam o som da eletricidade vindo lá de dentro, um ronco monótono que não se parecia com nada que Benjamin algum dia tivesse ouvido, quase místico, como se só conseguisse decifrar parte do som, como se houvesse frequências que ele não fosse capaz de escutar. E ele achou que talvez fosse verdade, que a eletricidade na realidade é muito mais ruidosa, feito um berro inquieto e prolongado, e o barulho é insuportável para as criaturas da floresta, mas os ouvidos humanos dele só eram capazes de perceber um zumbido grave, como se a eletricidade quisesse transmitir um lembrete de sua existência e um aviso: Não chegue perto.

Continuaram caminhando, penetrando na floresta. Colheram mirtilos e amassaram contra o rosto, fingindo que era sangue e que eles estavam feridos e ensanguentados. Jogaram pedras no tronco de uma árvore morta e, cada vez que acertavam o alvo, um som vazio e estranho ecoava pela floresta. Usaram um pau para cutucar um formigueiro e observaram o monte de terra todo se encher de vida. Chafurdaram por um lamaçal tão fundo que quase ultrapassou a altura das botas deles, com a água pressionando contra as panturrilhas. Encontraram pilhas de cocô e fizeram o que o pai sempre fazia: cutucavam com um pau e erguiam os olhos, sombrios, para ver onde o animal tinha se metido. Foram penetrando cada vez mais na floresta, e, quando Benjamin ergueu os olhos para voltar a se orientar, os fios elétricos tinham sumido. Ele não os enxergava em lugar nenhum. Ele se virou para trás e se virou para trás mais uma vez. A paisagem era idêntica em todas as direções. Exatamente o mesmo bosque de terreno acidentado, os mesmos pinheiros pesados, sob o mesmo céu cinzento. De repente ele entrou em pânico.

— Venha! — ele berrou para Pierre. — A gente precisa voltar.

Ele saiu correndo com Pierre em seus calcanhares. Ouviu a própria respiração, galhos estalando sob seus pés, em busca de pistas no terreno. Parou, virou para trás, lentamente foi tomado pela certeza: tinha corrido na direção errada. E se virou para correr com a mesma velocidade em outra direção, com Pierre atrás. O pé pousou em um pedaço de chão pantanoso, a bota se encheu de água e a perna ficou pesada, os passos molhados, mas ele continuou correndo, os olhos buscando os cabos elétricos que levariam os dois até em casa. Ele parou, sem fôlego, com as mãos nos joelhos. Pierre o alcançou e Benjamin percebeu que ele estava corado, que pontos vermelhos apareciam no pescoço do irmão, como sempre acontecia quando ele ficava com medo.

— A gente não sabe onde está? — Pierre perguntou.
— Claro que sabe — Benjamin disse.
— Então, como a gente chega em casa?

BENJAMIN EVOCOU UMA LEMBRANÇA de fazer uma caminhada com o pai no bosque; o pai tinha dito que, se alguma vez ele se perdesse, deveria caminhar na direção do sol. "Assim você sempre vai acabar voltando para o lago." Ele ergueu os olhos, tentou encontrar um ponto, um ponto claro no céu cinzento, mas tudo estava leitoso e sem forma.

Eles caminhavam devagar. Benjamin sentia que a floresta estava ficando maior e mais alta, ou que eles estavam ficando menores, como se lentamente estivessem afundando nela, e, se a lama subisse mais cinco centímetros, eles iriam afundar. Eles se sentaram em uma pedra grande. Estava ficando mais escuro e mais claro: a noite caía enquanto a camada de nuvens se dissipava e o topo das árvores capturava os últimos raios de sol. Pierre começou a chorar, e Benjamin se irritou com ele.

— Por que você está chorando?
— Nunca vamos chegar em casa.
— Para com isso! — ele sibilou por entre os dentes. — Vê se para.

Benjamin imaginou que, por fim, a mãe e o pai iriam começar a se perguntar onde os meninos tinham se enfiado e viriam procurar na floresta. Mas o tempo passou e a luz foi esmaecendo. Fazia bastante tempo que estavam parados ali, parecia que umas duas horas já tinham passado, quem sabe três, quando Benjamin de repente ouviu algo ao longe na floresta. Um rugido limpo que ele reconheceu imediatamente, um som que ele, de outro modo, associava a desespero e solidão, mas que agora acendia a esperança: era a mobilete de Nils. Ele se deu conta de que o irmão mais velho estava a caminho de casa do trabalho, que percorria a estrada de cascalho acima da casinha.

— Corre! — Benjamin gritou para Pierre.

E eles correram na direção do motor, ouviram Nils acelerar forte, ouviram o motor gritar quando ele diminuiu a marcha em um trecho de subida, e correram pelas elevações e colinas, através da vegetação rasteira e entre as árvores, e de repente tudo tomou seu lugar ao redor de Benjamin. Ele viu as poças na trilha da escavadeira em que tinham se equilibrado mais cedo, viu as pilhas de madeira e os ciprestes recurvados, e depois os postes desgastados com as fitas pretas de eletricidade acima, que se estendiam pela floresta. Correram pela trilha estreita e enxergaram a casinha entre as árvores. A mobilete de Nils estava quente ao lado do pátio. Benjamin viu a mãe e o pai sentados na frente da sauna, perto do lago. Velas acesas e garrafas na mesa. Nils estava abrindo uma sacola da loja na sala. Ele tinha comprado refrigerante, ainda gelado e coberto de bolinhas de suor, e salgadinhos de queijo, que colocou em uma tigela. Ele jogou um saco para Benjamin quando o avistou.

— Doce sujo! — Benjamin exclamou para Pierre. Pierre entrou na sala.

— Não devíamos ir contar para a mãe e o pai o que aconteceu? — perguntou.

— Não, por que a gente devia contar?
— Porque a gente ficou perdido. Durante muito tempo.
— Mas agora a gente voltou — Benjamin respondeu. — Quer doce?

Nils deu alguns passos na direção da janela e olhou para o lago, para ter certeza de que a mãe e o pai ainda estavam lá, e então foi até a TV. Sem um momento de hesitação sequer, ele a plugou na tomada e ligou. Benjamin ficou observando em silêncio enquanto Nils arrastava uma poltrona para poder escutar o volume baixo e se sentava com a tigela de salgadinhos de queijo no colo. Nils fazia as coisas mais inimagináveis com um senso de confiança que Benjamin simplesmente não conseguia compreender. Pierre e Benjamin se sentaram no tapete atrás de Nils e despejaram os doces entre si.

— Como foi com o envelope? — Benjamin perguntou. — Você colocou no correio?
— Coloquei — Nils disse.
— Que ótimo.

Benjamin mastigava um carro de corrida vermelho que primeiro ficou preso entre seus dentes e depois no céu da boca; a língua doeu quando ele conseguiu soltar.

— Superimportante você ter mandado o envelope — Benjamin disse.

Nils olhou para ele, então se virou para a TV mais uma vez.

— Agora a família toda pode relaxar — Benjamin falou.
— Certo — Nils respondeu. — Porque até parece que vocês dois vão conseguir entrar em alguma escola boa, seus idiotas.

Benjamin e Pierre olharam para a parte de trás da cabeça de Nils, absorvendo a postura recurvada dele, inclinado na direção da TV. Benjamin se levantou sem fazer nenhum barulho. Ele conhecia os pontos fracos de Nils e sabia qual era o mais fraco. O cabelo de Nils era ralo no topo da cabeça. Tinha um círculo pequeno em que dava para ver a pele pálida do couro cabeludo dele através dos fios finos. A mãe gostava de passar protetor solar ali para que não queimasse de sol, mas aplicava demais, e isso significava que Nils sempre andava com uma mecha de cabelo melequenta no alto da cabeça. Benjamin e Pierre às vezes faziam graça do espaço quase sem cabelo na cabeça dele, mas só quando a mãe não podia escutar. Benjamin se esgueirou e, com cuidado, juntou o cabelo ralo no alto da cabeça de Nils com um movimento circular com o dedo na área afetada. Nils se sobressaltou e se virou para trás.

— Porra, para com isso! — ele berrou.

— Você é tão bom aluno, *querido* — Benjamin disse.

Dando risadinhas, Benjamin voltou a se sentar. Pierre e Benjamin esperaram um momento, e então Pierre se levantou, esgueirou-se até Nils e fez a mesma coisa. Nils agitou os punhos, enlouquecido, atrás de si, mas errou o alvo. Ele se levantou e ficou lá segurando sua tigela de salgadinhos de queijo. E então os olhos de Nils ficaram um pouco vesgos, como sempre acontecia à noite quando ele estava cansado, e os irmão se aproveitaram do fato imediatamente e tiraram sarro dele ao fazer os próprios olhos também ficarem vesgos.

— Eu juro que vou matar vocês dois — Nils disse e voltou a se sentar.

Benjamin, que era capaz de pressentir as brigas dos pais chegando antes mesmo de que eles fossem capazes de perceber, não se deu conta do que estava para acontecer com ele. Esgueirou-se para trás de Nils mais uma vez, com o dedo erguido, enquanto Pierre tentava abafar as gargalhadas cobrindo a boca. Assim que o dedo dele pousou na cabeça de Nils, o irmão mais velho se virou para trás e atacou mais uma vez, com um golpe forte que acertou o ombro de Benjamin. Nils tinha se virado com tanta violência que a tigela de salgadinhos de queijo caiu do colo dele e tudo se espalhou pelo chão.

— Droga! — Nils berrou, olhando para a desgraça.

Benjamin percebeu que não tinham mais chance de controlar a situação. Deu alguns passos na direção da cozinha, mas Nils logo o alcançou e o agarrou pelos braços. Nils era maior e mais forte, e empurrou Benjamin para o chão. Ele prendeu as mãos de Benjamin com a sua esquerda e deu socos na têmpora dele com a direita. Os ouvidos de Benjamin tiniram e, por um instante, ele perdeu a consciência; ela retornou bem quando Nils desferiu mais um golpe, e outro, e outro, martelando com o punho na cabeça de Benjamin. Ele não conseguia enxergar mais nada, só ouvia os golpes surdos contra a sua cabeça, e a voz desesperada de Pierre no fundo:

— Para! Para de bater nele!

Os golpes cessaram. Ele sentiu Nils relaxar o aperto. Ficou lá deitado, viu Nils olhar através da janela e disparar para o andar de cima. Depois de alguns segundos, a porta da frente se abriu, e a mãe e o pai entraram com garrafas, pratos e copos. Benjamin tentou se levantar porque não queria que eles o vissem estirado ali, não queria que eles descobrissem o que tinha acontecido.

— O Nils bateu na cabeça do Benjamin! — Pierre exclamou.

A mãe parou à porta e olhou para Benjamin.

— O que vocês fizeram para o Nils desta vez? — ela perguntou.

— O Nils estava assistindo à TV — Benjamin contou.
— De que diabos você está falando? — a mãe disse. — Que tipo de irmão dedura o outro?

Benjamin se apressou em tocar o rosto para ver se estava sangrando.

— O que vocês fizeram para ele? Quais foram as coisas cruéis que vocês disseram para ele agora? — Como eles não responderam, a mãe entrou na sala e berrou: — Respondam! Digam o que vocês fizeram para o Nils!

Ela se voltou para Pierre.

— O que aconteceu? — perguntou.
— A gente estava brincando no bosque e se perdeu.
— Não é nada disso — Benjamin interveio.
— É sim, a gente passou horas perdido, e eu chorei.

A mãe olhou para os filhos com aquela boca meio aberta dela, cheia de choque e ódio.

— Pirralhos maldosos — ela disse, depois deu meia-volta e foi para o hall.

Benjamin escutou os passos pesados dela na escada. Ele ainda estava sentado no chão, escutava com atenção quando ela abriu a porta do quarto de Nils e depois fechou e, no fim, o murmúrio abafado das mentiras de Nils. Ele tentou se levantar. Pierre se sentou com a pilha de doces no chão da sala. Colocou de lado uma moeda de dez centavos que tinha vindo junto no saco, escolheu uma bala de goma de groselha que parecia ilesa e enfiou na boca. Benjamin o atacou e o jogou no chão.

— Não, a mão fantasma não — Pierre berrou. Benjamin usou os joelhos para prender as mãos de Pierre e fez cócegas no peito, na barriga e nas axilas dele. Pierre deu risada, tentou fugir, tentou gritar para ele parar, mas sua careta vermelha não conseguia produzir palavras. Depois de alguns segundos, uma expressão ansiosa passou pelo seu rosto. — Para, de verdade, Benjamin. Eu vou fazer xixi na calça. — Benjamin pressionou os joelhos com mais firmeza, fez mais cócegas, e Pierre parou de rir. Ele tentou se desvencilhar, puxou e agitou o corpo todo, mas Benjamin era pesado em cima dele. Soltou uma mão e acertou Benjamin no peito e no rosto. A expressão dele era de desespero enquanto batia e batia mais, sem sucesso, e então vieram as lágrimas e uma poça de xixi se formou embaixo dele.

| 11 |

14 horas

Ele faz a última curva e logo a casa vermelha de madeira surge em meio às árvores. Ele vê o terreno repleto de mato, dá uma olhada nos ciprestes impressionantes, que fazem o lugar parecer tão pequeno. A grama alta raspa embaixo do carro. Ele chega na frente do celeiro subterrâneo e desliga o motor. Os irmãos passam um tempo sentados dentro do carro e olham para fora.

Estão de volta.

Abrem as portas, deslizam do interior com temperatura controlada e penetram direto no verão. Os sons da casinha chegam até eles, o silvo conhecido das andorinhas indo e vindo, as abelhas pacientes e as vespas ansiosas. Insetos por todo lado, um em cada flor. E por todo o pátio o vento se faz presente, agitando a copa das árvores, assobiando por entre os ciprestes e abanando o carro, que estala e range depois da longa viagem.

— Será que a gente entra primeiro na casa? — Pierre pergunta. — Para ver se tudo está bem?

— Não — Benjamin diz. — Quero fazer logo.

Nem Nils nem Pierre respondem, mas pousam as malas e dão alguns passos na direção de Benjamin, e, lado a lado, os três caminham pela trilhazinha entre a casa e o galpão e entram na floresta.

Esta é a floresta de Benjamin.

Ela está dentro dele, ele a carregou consigo por todos aqueles anos. Ele conhece cada pedra, cada trilha traiçoeira, cada bétula caída. Tudo é mais próximo do que ele se lembra: o lamaçal, que no passado foi lúgubre e sem fim, agora só precisa de sete passos para ser atravessado. Os pedregulhos gigantescos e misteriosos agora são perfeitamente comuns. Mas os abetos continuam inimagináveis. Quando olha para as copas lá no alto, ele se sente tonto, como se fosse cair de cabeça através delas.

— Estamos no caminho certo? — Pierre pergunta.

— Estamos — Benjamin responde. — É só continuar andando reto. Passando aquela elevação ali.

Benjamin está na retaguarda e examina a nuca dos irmãos enquanto eles olham para baixo para ver onde colocam os pés. Agora caminham mais devagar, como quando a gente se aproxima de um animal grande, passos cautelosos pela floresta seca. Ele tinha esperança de que não houvesse nada mais ali, que a cerca tivesse sido removida, a construção demolida, que houvesse arbustos e vegetação rasteira onde a fundação tinha estado no passado. Mas é claro que não é assim. A subestação continua ali entre os pinheiros, e a cerca está lá, e os postes também. Parece que sempre esteve ali, e sempre estará. Os irmãos mantêm certa distância.

— Não precisamos chegar mais perto — Pierre diz.

— Precisamos, sim — Benjamin impõe.
Ele vai na frente e os irmãos o seguem. As janelas estão fechadas. Ervas daninhas crescem entre os tijolos da fachada. Os cabos pretos que antes se estendiam dos postes altos para alimentar o mundo foram removidos.
— Não está mais em uso — Benjamin observa.
— Não, parece que não — diz Nils. — A estação é tão velha. Tenho certeza de que não seria capaz de suportar os padrões modernos.
Benjamin ergue os olhos para a construção.
— Vocês lembram do som? — ele pergunta.
Os irmãos não respondem, só olham para a fachada.
— Aquele zumbido triste da eletricidade. Vocês não lembram?
— Eu lembro — Nils murmura.
Benjamin olha para os irmãos, que avançam com relutância na direção da cerca alta. Ele dá uma olhada através da abertura escura. A porta está escancarada. O cadeado arrombado ainda está lá pendurado feito um braço quebrado.
— E pensar que alguém invadiu — Benjamin diz. — Eu não entendo. Não podia ter nada de valor ali dentro, certo?
— Cobre — Nils explica. — Não existe nada que seja tão bom condutor quanto cobre. E cobre vale muito dinheiro.
Os olhos de Benjamin seguem a cerca, ele vê como ela rodeia a pequena construção, e ali está o portão de ferro, o caminho de entrada, e ele enxerga o contorno de si mesmo quando criança, o menininho se separando dos irmãos e entrando pela abertura. Ele apoia a testa contra o alambrado de metal. Escuta a respiração pesada dos irmãos. Estão parados lado a lado.
— O que aconteceu? — Benjamin quer saber.

Nils e Pierre baixam os olhos para as mãos, que eles enfiaram pelos buracos do alambrado. Dá para ver pela postura deles que não queriam estar ali. Mas eles não têm escolha.

— A vida inteira eu me culpei — Benjamin admite. — Mas eu também estava com dois irmãos.

— A gente era criança — diz Pierre.

— É — Benjamin diz. — E a gente era irmão. Lembra do que o pai sempre falava? Ele falava que nós devíamos ficar felizes por sermos irmãos, porque a fraternidade é o vínculo mais forte que existe.

Benjamin não se vira para olhar para Pierre e Nils, só fica olhando, teimoso, para o vão escuro da porta.

De canto de olho, ele vê Pierre apalpar os bolsos, pegar um cigarro e acender sob a mão em concha.

— Eu penso naquele dia o tempo todo — Nils admite.

Agora o sol está mais baixo no céu, a sombra dos pinheiros deixa manchas escuras nos arbustos verdejantes de mirtilos em volta da construção.

— Quando eu voltei para casa naquela tarde... — Nils de repente dá risada. — Eu deitei na rede e fiquei escutando música. Pensei: Se eu fizer tudo que costumo fazer, vai ser como se nada tivesse acontecido. Eu sabia que você estava morto, porque eu vi quando aconteceu. E eu achei que ia sentir arrependimento ou medo. E talvez tenha sentido. Mas sabe qual foi a sensação mais forte?

Benjamin não responde, só observa Nils em silêncio.

— Alívio.

— Jesus Cristo — Pierre exclama. — Para com isso. — Ele avista uma pedra e chuta.

— Se a gente vai falar sobre isso, tem que falar sobre tudo, certo? — Nils se vira mais uma vez para Benjamin. — Sinto muito pelo que eu fiz. Eu estava em estado de choque, mas isso não é desculpa. E eu me odeio por isso. Mas você esqueceu como era? Esqueceu como você e o Pierre me torturavam? Eu ainda tenho todos os meus diários. De vez em quando eu leio. Todo dia eu desejava que você estivesse morto. E daí, finalmente aconteceu.

Benjamin observa Nils. Seus olhos levemente estrábicos. Ele vê a cicatriz entre a têmpora e o olho da vez que Nils caiu na borda de uma piscina quando era criança. A pele macia e infantil e os olhos castanho-escuros que têm um brilho tão lindo quando o sol reflete neles. Benjamin sente um anseio repentino pelo irmão. Ele quer sentir Nils perto, quer que Nils o abrace forte para impedir que ele caia na direção da copa das árvores e saia rolando para o céu. Ele coloca a mão no ombro do irmão mais velho, sente como ele é magro, as protuberâncias dos ossos através da camisa. Parece estranho e desconhecido, mas ele deixa a mão ali, e Nils coloca a dele por cima da de Benjamin, dá alguns tapinhas sem jeito. Eles se entreolham e assentem. O sorriso gentil dele.

Eles voltam caminhando pela floresta em fileira, passos pesados atravessando as clareiras onde corriam quando crianças. Seguem devagar no último trechinho íngreme colina abaixo, segurando nas árvores para não perder o controle, e escapam para o sol escaldante.

| 12 |

O arco de luz

Era o solstício de verão.
Ele se lembrava das senhoras robustas que vendiam café e bolinhos atrás das mesas com pernas fininhas. Ele se lembrava do senhor com a tômbola barulhenta que fingia fechar a portinhola com força toda vez que o dedo de uma criança chegava perto demais, e a garotada comemorando e se espalhando e voltando a se juntar. Um painel de loteria, cinco coroas por cartela, ele se lembrava de ter ganhado o primeiro prêmio, uma barra de chocolate, e de sentir o chocolate derretido nadando ali embaixo do papel. Ele se lembrava das esteiras de piquenique manchadas de café sobre as quais famílias se sentavam desconfortáveis, abrindo suas garrafas térmicas. Ele se lembrava de que o poste do solstício de verão era decorado pelas mulheres, mas erguido pelos homens. Muitas comemorações quando finalmente estava em pé, aplausos espalhados que se perdiam com a brisa. Estava ventando mais que o normal, o sistema

de alto-falantes sacudia, a música de acordeão soava distante e lúgubre. Ele se lembrava de que Molly ficou nervosa quando o vento pegou na copa das árvores e agitou as folhas por cima da campina. Ele se lembrava de que tinham se acomodado um pouco para o lado, separados do restante da multidão. Como sempre, quando a família estava em algum lugar onde havia outras pessoas, participava sem realmente fazer parte do grupo. Os irmãos estavam imundos, mas bem-vestidos. A mãe tinha tentado domar o cabelo de Pierre com cuspe. O pai tirou do maço, bem devagar, algumas notas e entregou para os meninos, que saíram correndo para comprar refrigerante. Nenhum deles queria dançar ao redor do poste, para falar a verdade, a mãe ficou na roda, acenando, e eles dançaram a música do sapinho, mas logo escaparam, um após o outro, de volta à toalha, e a mãe ficou sozinha com Molly nos braços, balançando para a frente e para trás com a música a respeito de músicos, e depois de um tempo ela voltou, exausta, mas cheia de energia, e soltou um grito agudo ao se sentar.

— Bom, o que me dizem, será que vamos andando? — O pai se levantou de um pulo.

— Claro, vamos!

A família tinha uma tradição para o solstício de verão: todos os anos, eles percorriam a estrada e paravam em uma taberna para almoçar. Essa era a única vez em todo o verão que comiam em um restaurante. Era sempre a mesma taberna, sempre vazia no solstício de verão, quando todo mundo estava em casa para almoços de arenque com a família. O pai e a mãe se sentavam à mesa preferida deles, a que ficava perto da janela com vista para a estrada.

— Vocês têm tábua de frios? — o pai perguntou ao garçom.

— Não, sinto muito, não temos.
— Têm alguma coisa com salame?
— Salame? Tem salame em algumas pizzas.
— Posso pedir o salame em um pratinho?
O garçom ficou olhando para o pai, confuso.
— Certo... — ele disse. — Acho que tudo bem.
— Maravilha. Aí está nossa tábua de frios. Tem vodca gelada?
— Claro que sim — o garçom respondeu.
Depois de um tempinho, ele voltou trazendo doses de vodca no fundo de copinhos, que a mãe e o pai bebericaram. O pai fez uma careta.
— Temperatura ambiente — ele disse e acenou para o garçom. — Pode trazer uma tigela com gelo?
— Não estava gelada o suficiente? — o garçom perguntou.
— Claro. Só queríamos um pouco mais gelada.
A mãe e o pai trocaram sorrisos quando ele desapareceu, bebedores experientes dispostos a ignorar as tentativas desastradas de amadores.
Os cubos de gelo estalaram quando caíram dentro da bebida, e eles ergueram os copos e beberam.
Foi um almoço que aos poucos se tornou silencioso. As conversas foram ficando mais lentas, o pai e a mãe comeram com preguiça, pediram mais bebidas. O pai, ansioso, tentava fazer contato com o garçom. Não estavam mais falando nada, à exceção de um "ei" rapidinho quando bebiam mais uma vodca. O pai geralmente ficava apático quando bebia, distante, mas inofensivo, só que dessa vez foi diferente. Benjamin reparou que ele estava ficando irritado, coisa que era incomum. Ele chamou, áspero: "Olá!", quando o garçom não reparou que ele

estava acenando. Benjamin usou o canudo para fazer bolhinhas no refrigerante, e o pai disse a ele para parar. Depois de um tempo, Benjamin fez de novo, e o pai tirou o canudo dele e tentou cortar ao meio. Mas não deu certo, o plástico era duro, indestrutível, e o pai tentou de novo, rangendo os dentes com o esforço. Quando ele viu que o canudo ainda estava intacto, jogou no chão. A mãe ergueu os olhos, que estavam fixos em Molly, no colo dela, registrou a turbulência e voltou a se virar. Benjamin não se moveu, com medo de olhar para o pai. Ele não entendia. Percebeu que algo estava fora do normal. A partir de então, ele levantaria a guarda.

Depois, entraram no carro. Benjamin sempre prestava atenção extra ali, porque parecia que o pior do drama deles sempre acontecia no carro, quando a família estava fechada em um espaço tão pequeno. Era ali que a mãe e o pai tinham suas brigas mais loucas, quando o pai dava guinadas bruscas ao tentar sintonizar o rádio ou quando a mãe perdia uma saída e o pai berrava cheio de raiva e virava a cabeça para observar a saída desaparecendo atrás deles.

— Vai com calma — a mãe balbuciou quando o pai saiu do estacionamento.

— Sei, sei — o pai disse.

Benjamin estava no meio do banco de trás, aquele era o lugar dele, porque dali ele podia ficar de olho nos pais, na estrada e nos irmãos, um de cada lado. Ele era o centro de comando silencioso da família, controlando os acontecimentos ali do meio. Quando o pai foi entrar na estrada vicinal, virou demais a direção e o carro raspou em uma plantação de mudas logo depois do acostamento, galhos e ramos bateram com força contra o para-brisa.

— Ei! — a mãe berrou.

— Sei, sei — o pai disse.

Ele seguiu em frente, acelerando com força e longamente em marcha reduzida. Quando finalmente trocou de marcha, o carro deu um tranco e a cabeça dos meninos balançou da esquerda para a direita no banco de trás. Benjamin se concentrava em observar os olhos do pai, viu que ele piscou quando o carro guinou de um lado para o outro. Benjamin não ousou dizer nada; a única coisa que ele podia fazer era ficar sentado quietinho e concentrado, como se estivesse dirigindo. Pela janela lateral, ele viu que o carro se aproximava da vala. Pierre lia um gibi que tinha encontrado no chão, despreocupado. Mas Nils estava com a cabeça apertada contra o vidro, acompanhando com cuidado enquanto o carro guinava perigosamente de um lado da estrada para o outro. A estrada vicinal ficou mais estreita e passou a ser de cascalho, e as árvores se avultaram de ambos os lados do carro. O pai disparava pela floresta, e agora estavam perto; enquanto subiam a encosta íngreme longo antes de virarem na trilha estreita para descer na direção da casinha, Benjamin achou que, no fim das contas, talvez eles fossem chegar.

Ao fazerem a última curva, o pai perdeu o controle no cascalho poroso. O carro se descontrolou e deslizou solto pela superfície, com as rodas travadas. O pai tentou segurar a derrapagem, mas o carro foi parar na vala do outro lado da estrada. Benjamin foi lançado para a frente e parou em cima do câmbio; os irmãos dele foram jogados embaixo dos bancos. O pai olhou ao redor, confuso. A mãe tinha abraçado Molly com força contra o peito quando saíram da estrada e logo conferiu para ter certeza de que ela não tinha se machucado. Então ela se virou para trás.

— Todo mundo está bem?

Os irmãos se acomodaram novamente no banco. O carro estava desnivelado, os três irmãos apertados para a direita. O pai deu a partida.

— O que você está fazendo? — a mãe perguntou.

— A gente precisa sair daqui — o pai disse.

— Não vai ter como... Vamos ter que chamar alguém — a mãe respondeu.

— Besteira.

Ele tentou voltar para a estrada, acelerando até o motor berrar, terra e pedrinhas batendo embaixo do carro, mas o veículo não se movia.

— Merda! — o pai berrou e voltou a acelerar. Pierre abriu a porta dele. — Fecha a porta! — o pai exclamou. — Pelo amor de Deus, fecha a porta!

Benjamin esticou a mão por cima de Pierre e fechou a porta enquanto o motor uivava com ferocidade, e a mãe gritou para se fazer escutar por cima do barulho:

— Não vai dar certo!

O pai engatou a marcha a ré e acelerou, e dessa vez o carro ganhou tração e conseguiu sair da vala. O pai parou no meio da estrada de cascalho e engatou a primeira. Pierre abriu a porta mais uma vez.

— Eu quero ir pra casa andando daqui — ele disse.

— Eu também — Benjamin o imitou.

Benjamin viu a expressão de desdém do pai no espelho.

— Pelo amor de Deus, o que foi que eu acabei de falar sobre a porta?!

Ele se virou meio para trás e deu tapas aleatórios nos meninos. Molly se desvencilhou do aperto da mãe e tentou encontrar um jeito de sair do carro.

— Não se abre a porta com o motor ligado!

Os irmãos tentaram proteger a cabeça enquanto os punhos dele disparavam pelo ar. O pai acertou Benjamin nos ombros algumas vezes, e Pierre levou um golpe na coxa. Mas foi Nils que levou a pior, porque ele estava bem na frente dos golpes oscilantes do pai e não conseguiu se desviar do punho que disparava de um lado para o outro, então o rosto dele levou porrada atrás de porrada.

— Para! — a mãe berrou, tentando agarrar o braço do pai, mas ele estava em algum outro lugar, ninguém era capaz de acessá-lo.

O primeiro instinto de Pierre foi fugir, e ele ficou remexendo na porta, tentando sair, enquanto Benjamin teve o instinto oposto. Ele se encolheu contra o lado de Pierre e puxou a porta, fechando a si e aos irmãos lá dentro com os tapas.

— Está fechada, pai! — ele gritou. — Está fechada!

Mais um golpe do punho, e um grunhido, e tudo ficou em silêncio. Os tapas cessaram e Benjamin teve coragem de espiar por entre os dedos. O pai estava calmo, olhando para o volante. Então ele engatou a primeira marcha e saiu, e agora os irmãos se aprumaram no assento e olharam para a estrada, observando as mãos frouxas do pai na direção, acompanhando cada movimento enquanto ele guiava o carro pela trilha estreita e estacionava na frente da casa. Nenhum dos irmãos teve coragem de abrir a porta.

— Eu vou me deitar — o pai disse ao sair do carro.

Benjamin o observou através da janela, entre os bancos da frente: o pai se firmou nos troncos de árvore que ladeavam a entrada, deu passos amplos e incertos na escada de pedra e desapareceu. A mãe saiu do carro, abriu a porta do lado de

Nils e fez sinal para os irmãos descerem. Eles se juntaram fora do carro. Benjamin olhou para a mãe, os olhos úmidos dela, o sorriso torto que ela sempre exibia quando tinha bebido demais e estava tentando encontrar sentido em um mundo que de repente parecia incompreensível.

— Vocês estão todos bem?

Ela acariciou o rosto de Nils com cuidado.

— Querido. — Ela examinou um corte no queixo dele. — Vou falar com seu pai a respeito disso e ele vai pedir desculpas. Mas acho que ele precisa dormir um pouco primeiro. Vocês entendem?

Os meninos assentiram. A mãe apoiou a mão no capô do carro para se equilibrar, lançou um sorriso gentil para Pierre e acariciou a bochecha dele. Ela passou muito tempo olhando para ele, mas mesmo assim não reparou que os olhos dele estavam se enchendo de lágrimas, não percebeu que ele tremia.

— O pai e eu vamos tirar uma soneca — ela disse. — E depois vamos fazer uma reunião de família adequada para conversar sobre o que aconteceu.

Ela entregou Molly a Benjamin.

— Pode tomar conta dela um pouco?

E ela caminhou devagar pela entrada. Parou de repente, como se tivesse acabado de se lembrar de algo, mas então seguiu em frente, passando pelo celeiro subterrâneo e depois subindo os degraus de pedra para a casa. Só depois que ela desapareceu Pierre se permitiu soltar as lágrimas, e Benjamin e Nils o abraçaram, um de cada lado, e, enquanto os três ficavam lá se abraçando ao lado do carro, Benjamin sentiu, pela primeira vez em muito tempo, que os irmãos estavam juntos.

Foi aí que Molly desapareceu. Ela ficou diferente depois do passeio de carro, estava choramingando sem jeito, primeiro andando de um lado para o outro no caminho de cascalho, e de repente disparou para o meio das árvores como se tivesse decidido fugir. Benjamin chamou, primeiro carinhoso: "Oi, oi!", depois mais rígido: "Venha aqui já!" Os três irmãos chamaram, mas ela não deu atenção e continuou subindo a colina; não queria mais fazer parte daquilo.

E foi assim que os irmãos terminaram entrando na floresta naquela tarde, para ir atrás da cachorra amedrontada, e no fim a alcançaram. Benjamin a pegou no colo, viu o medo em seus olhos, sentiu o coração dela batendo através da caixa torácica.

Eles continuaram avançando. Ele se lembrou de que Pierre estava usando uma camisa branca que a mãe tinha enfiado com cuidado no jeans dele, mas agora estava para fora da cintura. Ele se lembrava de que tinham passado por cima de raízes que pareciam dedos antiquíssimos. Ele se lembrava de que tinham ouvido o cuco em algum lugar no meio dos pinheiros, e que eles tinham imitado seu canto. Ele se lembrava de que tinham arrancado pedaços de casca do tronco de uma árvore e fizeram flutuar no riacho que corria pela encosta da floresta até o lago. E continuaram caminhando colina acima, e não era algo que nenhum deles quisesse fazer, nem chegaram a falar em voz alta, mas acabaram ali de todo modo, no caminho estreito que levava à subestação elétrica. Eram capazes de escutar o som da eletricidade a distância, como um órgão longínquo, um zumbido grave que ia ficando mais alto e mais profundo à medida que se aproximavam, e logo enxergaram o topo da enorme estrutura de metal brilhando ao sol.

Quando chegaram lá, passaram as fileiras de postes envoltos com borracha e caminharam até a cerca. Espiaram através da porta que parecia ter sido forçada e para dentro da construção.

— Como vocês acham que é lá dentro? — Benjamin disse.

— Só deve ter um monte de fio — Nils respondeu.

— Será que a gente tenta entrar?

— Não — Nils declarou. — Pode ser perigoso.

Ficaram parados lado a lado próximo à cerca, com as mãos no alambrado de metal.

— Eu levei um choque uma vez — Benjamin contou. — Eu perguntei ao pai como era, e ele pegou uma daquelas baterias retangulares e me disse para lamber.

— Como foi? — Pierre perguntou.

— Doeu na minha língua e eu fiquei um tempo sem conseguir falar. Mas daí passou.

— Mas você pode levar choques muito piores do que isso — Nils disse. — Tipo, se você enfiar um garfo em uma tomada. Pode morrer.

Benjamin experimentou a tranca no portão. Assim, sem mais nem menos, ela abriu.

— Alguém arrombou o portão também! — ele exclamou.

Ele atravessou o portão e cruzou a grama na frente da construção, postou-se na frente dos irmãos e agarrou a cerca com uma das mãos.

— Quero sair daqui! — ele gritou, fingindo soluçar. — Eu imploro!

Benjamin baixou os olhos para Molly, que ainda estava no colo dele, e colocou a mão na cabeça dela com cuidado. Ele se virou de novo para os irmãos, contorceu o rosto e entregou a cachorra a eles.

— Pelo menos levem a Molly — ele resmungou. — Soltem a cachorra, ela não merece isto!

Pierre deu uma risadinha.

— Vamos voltar — Nils chamou.

— Esperem — Benjamin pediu. — Eu só preciso ver como é lá dentro.

Ele deu alguns passos na direção da construção e parou à porta. Olhou para dentro, mas só enxergou contornos vagos. Passou a mão pela parede interna, encontrou um interruptor e apertou, e de repente o lugar todo se iluminou por uma instalação no teto. A sala era menor do que ele pensava. Uma área pequena para ficar em pé e, na parede dos fundos, uma fileira densa de cabos pretos grossos que iam do chão ao teto. Parecia que a sala vibrava com a corrente que corria pelas paredes, intensa e constante, um som que o fazia pensar nas três enormes secadoras de roupa no porão lá na cidade.

— Vocês acham que tem corrente nos cabos? — Benjamin gritou para os irmãos.

— Tem! — Nils respondeu. — Não toque em nada aí dentro.

Benjamin pegou uma pedra e jogou com cuidado nos cabos.

A pedra caiu no chão, e não aconteceu nada. Ele pegou uma pedra maior e jogou.

— Parece que não tem corrente nenhuma — ele gritou. — Não acontece nada quando eu jogo pedra nos fios.

— Pedras não conduzem eletricidade! — Nils gritou. — Isso não quer dizer que os cabos não têm corrente!

Devagar, Benjamin se aproximou dos cabos, agora só estava a meio metro deles. Ergueu a mão na direção da parede preta.

— Não toque nisso! — Nils exclamou. — Estou falando sério. Você pode morrer!

— Não, não — Benjamin gritou em resposta. — Não vou encostar em nada.

Ele aproximou a mão e ouviu um chiado do cabo, como se fosse estática, mas desapareceu assim que ele baixou a mão.

Ergueu a mão novamente. Fagulhas minúsculas, quase invisíveis, apareceram entre o cabo e a mão dele. Quanto mais ele se aproximava, mais chiava. Ele nunca tinha ouvido um som daqueles na vida. Lembrava o som que se ouvia em filmes quando alguém media a radioatividade depois de um grande acidente. Ele era capaz de controlar o som com a mão, chegando mais perto ou se afastando, e, agora que ele tinha entendido a força presente ali, percebeu que Nils provavelmente tinha razão. Se ele tocasse nos cabos, seria gravemente ferido, e um pensamento passou por sua mente: Eu nunca cheguei assim tão perto da morte. Ele se virou para trás para olhar para os irmãos.

— Estão vendo? — gritou. Ergueu os olhos e observou as pequenas fagulhas saltarem na sala.

— São faíscas! Parece mágica!

— Para com isso! — Nils berrou. — Para agora!

Benjamin ergueu e baixou a mão, escutando o som que ia e vinha, as fagulhas se erguendo ao redor dele, e ele sorriu e olhou os irmãos nos olhos e então a sala toda ficou azul.

Ele acordou puro. Nos primeiros segundos, não tinha peso e estava livre. Ele se sentou ereto. Então veio a dor: fogo nas costas e descendo pelos braços, e a realidade desabou sobre ele. Olhou para o outro lado da cerca.

Pensou: Cadê os meus irmãos?

Ele ergueu os olhos para o céu, viu que o sol estava mais baixo. Havia quanto tempo estava ali estirado? Tentou se levantar, mas suas pernas não o sustentavam, então desistiu e voltou a se sentar, e aí ele se deu conta, começando com um leve calafrio que percorreu seu corpo.

Molly.

Ela estava estirada a apenas alguns metros dele. Não havia dúvida. A pele chamuscada e a posição nada natural. Ele se arrastou até ela, ergueu o corpo arruinado e colocou no colo. Olhou para o rosto sem vida de Molly, a boca meio aberta, como se estivesse em um sonho profundo e fosse acordar se fosse sacudida um pouco. Mas ele não teve coragem de fazer isso porque não quis tocar nas feridas dela, com medo de machucá-la. Ele a apertou contra o corpo, no lugar em que estava aninhada quando morreu. A respiração dele ficou mais rápida e mais pesada e ele ouviu sons desconhecidos, percebeu que emanavam dele. E, pouco a pouco, o mundo desapareceu. Durante toda a vida ele tinha lutado contra essa sensação, de perder a noção da realidade. Ele sempre tinha buscado lugares ou coisas reais a que se apegar, mas, pela primeira vez, desejava o oposto: abrir mão de tudo que o mantinha ali. Ele se sentou no escuro e olhou para o retângulo verde de realidade do lado de fora; apertou os olhos bem fechados e olhou para a porta mais uma vez, com a esperança de que ela logo se tornasse inacessível, simplesmente escurecesse e ele desaparecesse, descolado da realidade, preso à escuridão para sempre.

Ele deve ter perdido a consciência, porque, quando voltou a erguer os olhos, o sol estava ainda mais baixo no céu. Ele se levantou e cambaleou na direção da porta. Seus primeiros passos em direção à luz. Ele passou pela cerca. O pensamento: Cadê os meus irmãos?

Ele caminhou pela floresta com a cachorra no colo. Não era capaz de lembrar como tinha feito aquilo, como chegou em casa. Mas se lembrava de ter visto o lago, que estava escuro; ele se lembrava de que estava parado, sem vento. Ele se lembrava de caminhar em cima de pernas que mal eram capazes de sustentá-lo e se lembrava de ter visto a mãe nos degraus de pedra, em pé, com seu roupão. Ele se lembrava de que os contornos da mãe estavam difusos, de que a folhagem ao redor da casa estava anuviada por suas lágrimas. Ele se lembrava de que a mãe deu alguns passos no gramado, que olhava para ele com algum tipo de surpresa. E ele se lembrava de que ela tinha desabado na grama e gritado de desespero, e que o lago tinha respondido.

| 13 |

Meio-dia

A cerca dos alces termina aqui; a estrada vicinal estreita e a condição da pista pioram, asfalto remendado e buracos inesperados e animais mortos na estrada, pele ensanguentada e carne achatada na pista. Nenhum carro na direção oposta, só um semiautomático prateado ocasional carregando madeira. Emissora após emissora vai sumindo no rádio do carro. Estão do outro lado da Suécia, penetrando cada vez mais na floresta, e falam cada vez menos e, quando finalmente saem da estrada vicinal, já não estão falando nada. Estão de volta à estrada de cascalho; mais uns cinco quilômetros pela floresta e vão chegar. O retrovisor vibra, e ele enxerga a poeira se erguendo atrás deles feito um rastro de fumaça, erguendo-se dos dois lados do carro, até as árvores, os abetos ficando cada vez mais altos à medida que se aproximam da casinha.

Ele percorre a velha estrada de cascalho com cuidado e vê Nils no banco traseiro, de repente inclinado para a frente, todo concentrado, os olhos fixos adiante. É como se o lugar tivesse estado sob a proteção de algum benfeitor secreto que colocou todo o seu esforço em se assegurar de que o local permanecesse intocado para o caso de a família um dia retornar. A estrada é irregular e o carro estremece no mesmo lugar, como sempre. As placas no acostamento ainda se inclinam nos mesmos ângulos que antes. Será que dias e anos chegaram a se passar aqui? Ou será que tudo ficou parado? Talvez aconteça alguma coisa com o tempo na floresta e ele não aja como deve. O tempo é uma estrada de cascalho; se você ficar à direita, pode se observar passando do outro lado. Ele de repente vê o antigo Volvo 245 vindo para cima dele, a mãe e o pai na frente, vestidos para o solstício de verão. E ali, no meio do banco traseiro, ele vê a si mesmo, seu olhar atento enquanto tenta se assegurar de que tudo vai transcorrer bem.

E agora Benjamin consegue escutar o som de um motor através da janela aberta, e de repente Nils aparece na elevação com sua mobilete, com o tanque de gasolina brilhando ao sol, e ele passa rápido, triste e sozinho, correndo pela faixa estreita da estrada de cascalho que liga a casinha deles à realidade, de volta de seu turno no mercado. E, olhe só, ali no meio das árvores, Benjamin e Pierre correndo um bem pertinho do outro, perdidos no bosque; com medo e determinados, seguindo o som da mobilete para encontrar o caminho de casa.

O carro está se aproximando da colina onde o sol sempre torna difícil enxergar no fim da tarde, e, depois que ele chega ao topo, é capaz de se enxergar mais uma vez. Está parado bem ao lado da estrada, um menininho com pernas magras, de short e sem camisa. A mãe foi para a cidade para trabalhar durante alguns dias, e Benjamin subiu a estrada de cascalho sozinho para recebê-la. O olhar límpido do menino encontra o do próprio Benjamin quando passa, olhando no rosto de um desconhecido, desinteressado, então ele se vira mais uma vez na direção da colina, prestando atenção para ver se a mãe chega.

Lá vão eles, um a um, todos os meninos que foram ele.

Benjamin e os irmãos agora estão perto; eles entram na trilhazinha estreita. Ele se lembra da última manhã que passaram ali, uma semana depois do acidente. Os meninos foram informados da decisão de repente, no café da manhã: Vamos voltar para casa. Tudo se tornou urgente. Malas grandes abertas no chão da sala. O pai caminhando pela casa toda, apagando luzes e desligando aquecedores. Quando colocou as últimas coisas no carro e conferiu as portas para garantir que estavam trancadas, a mãe acendeu um cigarro e se apoiou no capô do carro. Ela fumava sem prestar atenção, olhando para o lago. Benjamin se aproximou dela, tentou recolher a bolsa que ela tinha colocado no chão, mas ela o repeliu com um aceno e ele se postou ao lado dela, bem pertinho. A mãe deu uma olhada em Benjamin e retornou a atenção ao lago.

— No dia em que aconteceu — a mãe disse, batendo o cigarro com o indicador —, eu acordei à tarde e não consegui voltar a dormir. Fiquei deitada na cama, fazendo palavras cruzadas...

Ela fez um gesto, apontou para o céu.

— De repente a luz apagou. Eu ergui os olhos, surpresa. O que estava acontecendo? E então, depois de alguns segundos, voltou.

A mãe sacudiu a cabeça devagar.

— Não achei que fosse nada na hora, mas agora eu compreendo.

Ela sorriu.

— Nós podemos escolher enxergar como uma coisa bonita.

Foi como um pequeno cumprimento, uma despedida. As luzes se apagaram, e então ela se foi.

A mãe caminhou até o galpão, apagou o cigarro na parede e devolveu a bituca meio fumada ao maço. Ela então entrou no carro.

É óbvio que ninguém passa de carro aqui faz muito tempo. O capim cresceu alto entre as marcas de pneu; arbustos batem embaixo do carro e em ambas as laterais. Outro carro se aproxima na encosta estreita, o velho Volvo 245 mais uma vez, cheio de bagagem até a tampa, do mesmo jeito do dia em que a família abandonou a casinha naquela última vez. Ele vê o pai ao volante, a mãe, ao lado dele, olhando com olhos vazios a estrada à frente. No banco de trás estão os irmãos, bem apertadinhos, ombro a ombro. Benjamin se mantém à direita para deixar espaço para o veículo passar. Ele se vê por um instante, apenas um vislumbre do menino no meio. Seus olhos tristes e alertas observando tudo que acontece dentro e fora do carro. O Volvo passa por Benjamin e sobe a colina, e ele observa no retrovisor até que suma de vista. Ele faz a última curva e logo a casa vermelha de madeira surge em meio às árvores. Ele vê o terreno repleto de mato, dá uma olhada nos ciprestes impressionantes, que fazem o lugar parecer tão pequeno. A grama alta raspa embaixo do carro. Ele chega na frente do celeiro subterrâneo e desliga o motor. Os irmãos passam um tempo sentados dentro do carro e olham para fora.

Estão de volta.

2

ALÉM DA ESTRADA DE CASCALHO

| 14 |

10 horas

Ele ergue os olhos para os imensos postes elétricos ao longo da estrada europeia. Os cabos pretos descem lentamente para o verão do lado de fora das janelas do carro, então voltam a se curvar para cima, chegando ao ponto mais alto no topo das enormes estruturas de aço que ladeiam a estrada, cem metros, então caem mais uma vez, fazendo uma mesura para as campinas embaixo deles.

Uma vez, a caixa de fusíveis de Benjamin pegou fogo. Ele conseguiu apagar as chamas, mas um eletricista foi até lá para consertar o curto-circuito. O homem se postou no hall de entrada e desaparafusou o painel para ganhar acesso. Ele era habilidoso, tirou a primeira cobertura em apenas alguns segundos, juntou os parafusos no punho carnudo. Estava prestes a seguir em frente, a remover a próxima cobertura, quando de repente uma corrente de ar fez a porta da cozinha bater logo atrás dele, e a reação imediata do eletricista: largou tudo que estava segurando e ergueu as mãos como se fosse um assalto. Benjamin ficou confuso. Enquanto o eletricista juntava os parafusos e as ferramentas que se espalharam pelo chão do hall, Benjamin perguntou o que tinha acontecido.

— Ossos do ofício — ele disse. — No instante em que um eletricista ouve um estouro, ele larga tudo.

O medo de levar choque. Ele nunca teve isso quando criança. Antes do acidente, ele se sentia atraído pela eletricidade. Atrás do complexo de piscinas havia um haras, e, depois da aula de natação, um dia, enquanto as outras crianças caminhavam de volta para a escola, Benjamin foi até a cerca elétrica que prendia os cavalos no pasto. Ele ficou lá parado um tempão, olhando para o arame fino e a placa amarela plastificada que mostrava uma mão encostando no fio e raios vermelhos disparando em todas as direções. Ele colocou ambas as mãos perto do fio, como que para desafiar a si mesmo; fechou as mãos em concha sem tocar, então agarrou. Um pulso rápido de corrente passou por suas mãos e chegou às axilas antes de desaparecer. Ele se lembra de ter se sentido estranhamente eufórico depois daquilo. Parecia que a corrente tinha surtido algum efeito sobre a falta de energia típica dele por um momento; ele recebeu uma sacudida e, quando a eletricidade percorreu seu corpo, parecia que ele tinha escutado uma voz sussurrando: "Mexa-se!"

Pierre corre pela estrada, sempre na faixa da esquerda. Quando precisa diminuir a velocidade porque tem alguém na frente — turistas de pista expressa ultrapassando uns aos outros em seu próprio ritmo —, ele cola bem na traseira do carro e pisca o farol alto, imediatamente dando um susto na pessoa e fazendo-a abandonar a faixa, então volta a acelerar e o motor ronca ao ganhar velocidade, soando robusto e sadio.

— Comida! — Pierre de repente grita, apontando para uma placa de estrada que vai se aproximando no horizonte.

— Finalmente — Nils resmunga do banco de trás.

O restaurante de fast-food se parece com qualquer outro. Os atendentes usam estrelas douradas no peito; alguns têm várias, outros absolutamente nenhuma, então todo mundo sabe quem é bom e quem é ruim. Cada um usa uma plaquinha com o nome, menos o gerente estranhamente jovem, que fica passando de um caixa ao outro, feito uma galinha, com vergonha de seus funcionários preguiçosos. Ele caminha de lá para cá, tenso, assumindo tarefas, acertando as coisas, às vezes só parando para olhar todos os clientes com um sorriso vazio.

Eles pedem hambúrgueres e batatas fritas e se sentam a uma das mesas mais próximas da saída. Nils pega o celular.

— Preciso dar um jeito na tempestade de merda que vocês dois criaram — ele diz. — Imagino que a gente esteja sendo procurado pela polícia.

— Ops — Pierre solta com uma risada.

— Não, não tem nada de ops. Isto aqui é sério pra cacete.

Nils se retira e Benjamin observa enquanto ele caminha pela brisa forte do estacionamento com o telefone apertado em uma orelha e a palma da mão na outra para isolar o ruído da estrada. Pierre coloca as batatas fritas em cima do pão de hambúrguer e ajeita os pacotinhos brancos de ketchup em uma fileira arrumadinha; quando um acaba, é fácil pegar o próximo.

— Eu sinceramente nunca achei que a gente fosse voltar lá — Pierre diz.

— Não — Benjamin responde. Um novo pensamento de repente surge em sua mente, e ele ergue os olhos da comida.

— Por que não?

— Por causa do acidente, quero dizer. Foi tão difícil para você.

Benjamin observa Pierre comer tudo bem rápido. Ele enfia as batatas fritas no ketchup; estão pesadas e molengas feito tulipas quando ele as coloca na boca.

— Continuo sem entender — Pierre prossegue. — Por que você levou um choque? Não precisa encostar em um cabo para levar choque? Você não encostou em nada.

— Eu também não entendo. Durante dez anos eu andei por aí sem fazer a menor ideia do que tinha acontecido. Mas então eu descobri.

— E o que aconteceu?

E Benjamin fala a Pierre sobre arcos voltaicos. Há lugares em que a corrente elétrica é tão forte que até o ar é carregado. Ele se aquece até milhares de graus, até ficar tão quente que há uma descarga que funciona como um relâmpago.

— Foi isso que aconteceu com você? — Pierre pergunta.

— Foi. Tenho sorte de estar vivo, de acordo com os eletricistas com quem eu conversei.

— Você conversou com eletricistas?

— Conversei. Montes deles.

— Por quê?

— Eu queria entender o que aconteceu comigo.

Pierre sacode a cabeça, olha para Nils, que se deslocou e agora está parado, com o telefone, em um acostamento gramado que dá de frente para a rodovia de oito pistas.

— Sabe quantos choques elétricos são registrados no Conselho de Segurança Elétrica todos os anos? — Benjamin pergunta. — Cinquenta. Mas sabe quantas pessoas eles realmente acham que levam choque? Mais de vinte mil. Mas ninguém registra. Sabe por quê?

— Vergonha?

— Exatamente. As pessoas têm vergonha. Porque são eletricistas. Supostamente, eles sabem o que estão fazendo.

— Incrível. — Pierre larga o hambúrguer, que está mordiscado nas beiradas, como se tivesse sido comido por uma ratazana. Ele pega uma batatinha e rói como se fosse um palitinho salgado, e deposita a ponta que estava segurando em um guardanapo na mesa. Benjamin repara que ele deixou vários toquinhos um ao lado do outro.

— Por que você não come as pontas? — Benjamin pergunta.

— São nojentas. Meus dedos estão sujos... passaram por tudo que é lugar.

Benjamin observa Pierre enquanto ele descarta uma pontinha de batata frita atrás da outra, e de repente sente uma onda de ternura pelo irmão, porque uma pequena pilha cresce na mesa e ele acha que enxerga um sinal de que Pierre também tem seus fantasmas; esse tipo de capricho também carrega consigo uma história. Benjamin sempre se surpreendeu pelo fato de Pierre parecer ter passado completamente ileso pela infância. Ele parece inabalado, como se simplesmente tivesse superado tudo que aconteceu... ou talvez aquilo até o tenha deixado mais forte? Mas, enquanto observa o irmão empilhando as batatinhas, é a primeira vez que Benjamin enxerga a provável existência de algo mais, porque de algum modo um homem que não quer colocar uma coisa na boca depois de ter tocado nela não quer ter nada a ver consigo mesmo.

O barulho do restaurante é amplificado no silêncio que se segue. O ruído das máquinas que despejam gelo em copos de papel, sem ritmo e ansiosas. Um secador de mãos que liga e desliga nos banheiros. O zumbido da estrada cada vez que mais alguém entra. Um cliente pede um sorvete de massa e um motorzinho começa a funcionar, um tom profundo como a nota mais grave em um piano, e mais uma vez ele é lançado de volta à subestação, parado na frente da parede de corrente elétrica. Ele tenta no mesmo instante se livrar das imagens, e talvez consiga por um instante, mas sabe que elas vão voltar. Cada vez que ele escutar um som alto e inesperado, vai pensar na explosão. Como quando ele dá descarga em um banheiro de avião e a válvula fecha com uma batida. Luzes fortes surtem o mesmo efeito sobre ele. Quando está dirigindo em uma estrada na escuridão do inverno e vê o brilho repentino de faróis altos no sentido oposto, ele fica paralisado por um momento, lembrando daquele momento final, quando a sala ficou branca, logo antes da explosão. O piso frio e a escuridão úmida, acordando e se orientando, apertando os olhos para a luz.

Pela primeira vez durante a conversa, Benjamin não desvia o olhar quando Pierre olha nos olhos dele.

— Tem uma coisa que eu nunca entendi — Benjamin diz. — Como foi que vocês simplesmente me abandonaram lá?

Pierre pousa o refrigerante na mesa e pressiona a ponta dos dedos em um guardanapo, sacode a cabeça e sorri.

— É isso que você acha? Eu não abandonei você.

— Eu acordei e vocês não estavam mais lá. De que outra maneira eu posso interpretar?

— Então até hoje você não sabe o que aconteceu? Eu não abandonei você. Eu corri na sua direção. Eu peguei em você e, no momento em que encostei em você, também levei um choque.

— Não.

— Não?

— Isso não pode estar certo — Benjamin diz.

— Bom, você estava inconsciente. Quando você levou o choque, se transformou em um fio condutor também, e eu levei um choque ao encostar em você. Eu simplesmente desmaiei. Quando acordei, vi o Nils disparando pela floresta. Tentei te acordar, mas não consegui. Pensei que o Nils tivesse ido pedir ajuda. Então eu saí atrás dele. Eu o alcancei bem quando ele chegou à casinha. Ele deitou na rede e eu não fazia a menor ideia do que estava acontecendo.

— E daí? — Benjamin perguntou. — O que você fez?

— Eu berrei com ele, disse que a gente tinha que voltar. Mas ele se recusou. Eu entrei em pânico, procurei a mãe e o pai, mas não consegui achar em lugar nenhum. Então eu voltei correndo sozinho.

— Não, isso não é verdade. Eu acordei sozinho na subestação.

— Eu me perdi. Eu corri e corri, tentando te encontrar, até que tudo ficou bagunçado. Eu não conseguia encontrar você e não conseguia achar o caminho de volta pra casa.

Benjamin leva o punho à testa.

— Você não lembra? — Pierre pergunta. — Quando você voltou pra casa com a Molly, eu não estava lá. Eu estava na floresta, te procurando.

Benjamin fecha os olhos. Solstício de verão. Ele carrega Molly de volta para casa. Ela está estirada e morta no gramado na frente dos degraus de pedra. A mãe pega a cachorra no colo e desaba na grama com ela. Ela a abraça, ela berra.

Nils.

Ali está ele, na encosta perto do lago, mantendo-se a distância, observando em silêncio. A mãe ergue os olhos para Benjamin.

Ele se lembra de detalhes menores, como o fato de haver um fio de catarro entre o lábio superior e o inferior dela. Dá para ver os seios brancos dela através do roupão aberto.

— O que você fez? — ela berra para Benjamin uma vez atrás da outra, variando entre a raiva e o desespero. — O que você fez?

Mas onde está Pierre? Ele tenta enxergá-lo, mas não o encontra em lugar nenhum.

— Você não estava lá — Benjamin confirma.

— Não. Eu estava correndo de um lado para o outro na floresta. Até que eu desisti e sentei em uma pedra. No fim, ouvi os berros da mãe. Eu nunca tinha ouvido ela ficar daquele jeito. Ela repetia: "O que você fez? O que você fez?", e eu segui a direção dos berros dela. Quando eu cheguei em casa, estava tudo de cabeça pra baixo. Estava... — Ele sacode a cabeça. — Estava um caos.

— É. — Benjamin baixa os olhos para o tampo da mesa. — E daí, o que você fez?

— Eu não lembro. Eu lembro de querer me lavar. Eu não queria que a mãe e o pai reparassem no que tinha acontecido. Eu estava com queimaduras nas mãos e nos braços. Você não lembra que eu fiquei com queimaduras que duraram semanas?

— Não.

— Eu fui para o banheiro e a minha pele soltou quando eu lavei as mãos. Fiquei lá parado, olhando para os pedacinhos de pele na porcelana, e ouvia a mãe berrando lá fora e aquilo tinia nos meus ouvidos. Era como se eu estivesse em uma guerra.

— Eu nunca soube disso — Benjamin diz. — Eu nunca soube que você tentou me salvar. Eu não sabia que você me procurou.

Pierre dá de ombros.

— Por que você nunca me contou?

— Eu achei que você soubesse — Pierre responde. — E a mãe e o pai disseram que você não estava bem e que a gente não devia falar com você sobre o que aconteceu. — As imagens tomam conta dele. Cambaleando pela floresta com Molly, chegando à casinha, vendo o lago calmo. Ele vê a mãe nos degraus de pedra. A boca meio aberta dela, seus olhos vazios, o instante anterior a ela se dar conta. Mas agora ele é capaz de enxergar o irmão menor também, imagina que ele esteja na floresta. Ele está perdido e desistiu, mas escuta os berros da mãe através dos pinheiros. Lá vai ele, o menininho, em disparada, com os braços queimados pendendo ao lado do corpo. Lá está o menininho de sete anos, correndo, o som da angústia da mãe que o guia até em casa.

Benjamin e Pierre se levantam e vestem cada um sua jaqueta. Pierre leva o hambúrguer de Nils para o carro. Quando saem da mesa, Benjamin olha para a pilha de restos de batatas fritas, as pontinhas de batata que Pierre amontoou em uma pirâmide bem arrumadinha, como uma pequena manifestação de ódio de si mesmo.

Eles entram no carro. Os pratos congelados que Nils trouxe derreteram e o interior do carro tem um cheiro leve de pierogi de carne. Entram na estrada, que se afunila até se transformar em uma estradinha vicinal. A cerca dos alces termina aqui; a estrada vicinal estreita e a condição da pista pioram, asfalto remendado e buracos inesperados e animais mortos na estrada, pele ensanguentada e carne achatada na pista. Nenhum carro na direção oposta, só um semiautomático prateado ocasional carregando madeira. Emissora após emissora vai sumindo no rádio do carro. Estão do outro lado da Suécia, penetrando cada vez mais na floresta, e falam cada vez menos e, quando finalmente saem da estrada vicinal, já não estão falando nada. Estão viajando pelo portal mais uma vez.

| 15 |

A festa de formatura

O pai estava parado à janela que dava de frente para a praça e olhava para baixo. Ele conferiu o relógio, sentou-se à mesa da cozinha, olhou para o colo. Tinha se arrumado; os mocassins bege tinham se integrado a suas canelas, a calça de terno pendurada na cozinha até o último minuto, como sempre, para que os vincos permanecessem intactos, um truque que costumava despertar a ira tanto de Nils quanto da mãe, já que ele andava pelo apartamento de cueca durante horas antes de qualquer tipo de festividade. Estava usando o próprio chapéu de formatura, desbotado e disforme, um retalho de pano amarelo na cabeça.

— Merda — ele disse baixinho e voltou para a janela. Ele tinha que pressionar o rosto contra a vidraça para dar uma olhada na rua lá embaixo. Benjamin imaginou como o pai seria visto do outro lado se alguém por acaso o avistasse da praça: as mãos contra a vidraça, a bochecha amassada, os olhos arregalados e inquisitivos examinando o terreno. Igual a um animal de zoológico que tivesse acabado de compreender seu cativeiro.

— Isto aqui é quase surreal — o pai balbuciou. — Como é que você pode se atrasar para a sua própria festa de formatura?

A família tinha se reunido naquela manhã no pátio da escola para participar das boas-vindas tradicionais ao recém-formado Nils quando os alunos saíam correndo do prédio. O pai deixara Pierre e Benjamin faltarem à aula para participar. Aquilo era importante. Pierre segurou um cartaz, uma foto de Nils quando ele tinha três anos, sentado em um penico e sorrindo para a câmera. A foto fez Benjamin pensar em uma historinha da família que a mãe gostava de contar, de como Benjamin uma vez tinha esvaziado o penico depois que Pierre terminou. A mãe o tinha encontrado no banheiro com um pedaço de cocô de Pierre na mão; ela descrevia o modo como Benjamin mordia pelo ladinho, "como se fosse um espetinho de frango", e soltava uma risada longa e silenciosa, e toda vez que ela contava essa história Benjamin se retirava.

Começou a chover no pátio da escola e a família se apertou embaixo de um guarda-chuva grande. Então um homem qualquer todo animado, talvez o diretor, pegou um megafone e fez a contagem regressiva a partir do dez, então as portas se abriram e os alunos invadiram o pequeno pátio de asfalto, todos correndo de um lado para o outro, na maior confusão, cada um à procura de sua família. Todos menos Nils. Benjamin o avistou imediatamente, sorrindo, caminhando com calma e a passos firmes, direto para a fotografia dele no penico.

— Parabéns! — a mãe exclamou e ergueu o punho, meio incerta, quando ele se aproximou. Ela e o pai abraçaram Nils.

Ele tinha ramadas de flores, ursinhos de pelúcia e garrafinhas minúsculas de champanhe amarradas em uma fita azul e amarela em volta do pescoço, carregado do amor de outras pessoas, com provas de todo o seu bando penduradas no peito, amizades que Benjamin tinha apenas vislumbrado em casa, no apartamento deles. Nils sempre trazia para casa colegas da escola, todas as tardes, às vezes quatro ou cinco meninos que tomavam conta da entrada e seguiam pelo corredor se empurrando. Nils logo arrebanhava todos para dentro do quarto dele e fechava a porta, mas Benjamin os observava com atenção quando passavam, aqueles seres humanos colossais, o rosto tomado por espinhas, quietos e de pernas compridas; parecia que as coxas batiam nas costelas.

Nils segurava o envelope pardo que continha suas notas. Uma bomba atômica de decepção se detonou em silêncio no pátio da escola quando o pai o abriu e passou os olhos pelo resultado. Ele entregou o pedaço de papel à mãe e leu o documento mais uma vez por cima do ombro dela, assentindo, já que isso era mais ou menos o que ele esperava. Ele dobrou o papel e enfiou no bolso interno do paletó. Mas Benjamin enxergou decepção nos olhos deles. Tinham tido indícios disso durante toda a primavera, que as notas de Nils talvez não fossem assim tão espetaculares quanto a mãe tinha feito os outros irmãos acreditarem. Nils logo voltou a se despedir, porque iria subir na traseira de uma caminhonete com os amigos para o desfile pela cidade. Ele prometeu voltar para casa assim que pudesse, então uma leve comoção se instalou, ele cruzou com um amigo e eles se abraçaram e as garrafinhas de champanhe em volta do pescoço de ambos bateram. Eles se afastaram abraçados, na direção da fileira de caminhonetes paradas, decoradas com galhos de bétula cheios de folhas e lençóis pendurados nas laterais, com frases provocativas escritas com tinta em spray.

O pai gritou quando o filho desapareceu no meio da multidão:

— Nós esperamos você em casa!

E a mãe acendeu um cigarro e eles caminharam de volta para casa, todos embaixo do guarda-chuva, atravessaram o túnel por baixo dos trilhos do trem local, subiram a rua principal, a pequena família com seu cartaz erguido, feito uma manifestação minúscula atravessando a praça.

Isso agora já fazia duas horas, e desde então o pai não parava de ir à janela na esperança de avistar o filho perdido. Ele foi até o aparador e conferiu a comida. Havia algumas travessas com fatias de mortadela e nabos salgados. Quatro ovos recheados com caviar por cima. E, em sua própria travessa: queijo emmental finlandês. Essa era a peça central da festa, aquilo que Nils adorava mais que tudo. Ele gostava de cortar uma fatia e espalhar uma camada grossa de manteiga por cima, depois enrolava o queijo em um tubo e comia de uma bocada na frente da TV, à noite. Pierre e Benjamin não suportavam olhar para aquilo, manteiga gordurosa no queijo gorduroso; fingiam vomitar e faziam questão de sair da sala cada vez que ele começava. E Nils ficava lá, sentado no escuro, à luz fria da televisão, fatiando seu queijo até não sobrar mais nada.

A mãe estava enrolada no sofá, fumando, o cinzeiro no colo para ela não precisar se inclinar até a mesa. Ela estava lendo uma revista e, quando o pai mexeu nos talheres e derrubou um garfo no chão, ela ergueu os olhos.

— Coloque o champanhe na geladeira... deve estar quente a esta altura — ela disse e retomou sua revista.

Lá embaixo, da praça, de repente veio uma música quando uma das caminhonetes carregadas de alunos avançou pela rua bem devagar, e o pai se apressou até a janela, apertando-se contra o vidro.

— Merda — o pai sibilou por entre os dentes quando a caminhonete sumiu da vista, então ele mudou de posição. Benjamin ouviu o som do elevador parando no andar e as portas se abrindo, o barulho de chaves em um chaveiro se aproximando da porta do apartamento deles.

— Lá vem ele — Benjamin avisou.

— Não, não — o pai disse, olhando para fora. — Essa não é a caminhonete dele.

A porta se abriu.

— Olá — Nils cumprimentou.

O pai se apressou até a porta.

— Bem-vindo! — ele exclamou e olhou ao redor. — Benjamin — ele sussurrou, fazendo um gesto para que ele se aproximasse e cumprimentasse o irmão, então se virou e urrou para o outro filho: — Pierre! — que imediatamente apareceu à porta do quarto dele.

— Desculpe — Nils disse. — A caminhonete foi até o centro e eu não consegui descer.

— Tudo bem. — O pai pegou a garrafa de champanhe, tirou o papel-alumínio como se fosse uma rosa e torceu a rolha com uma careta, segurando longe do corpo para o caso de ela disparar para o teto. — Champanhe cor-de-rosa! — ele exclamou.

Os cinco se juntaram no meio da sala e observaram enquanto o pai enchia três flutes. Ele tirou os óculos e bateu de leve com a armação na beirada da flute dele. Limpou a garganta.

— Ao nosso formando extraordinário. — Ele ergueu a taça. — Estamos tão orgulhosos de você.

A mãe, o pai e Nils brindaram e beberam.

— Está quente — a mãe disse e se virou para Benjamin. — Pode pegar gelo para nós?

Quando Pierre pegou um prato e colocou nele um ovo recheado, o pai sibilou para ele:

— Fala sério. Deixa o Nils se servir primeiro, pelo amor de Deus.

— Tudo bem — Nils disse com um tom simpático, ao mesmo tempo desconhecido e afetado. — Ele pode se servir primeiro.

Quinze minutos depois, Nils se preparou para sair mais uma vez. Ele tinha que se encontrar com alguns amigos e depois passaria a noite indo a festas. Ele ficou parado no corredor, debruçado por cima dos sapatos, com o pai à porta da cozinha.

— Nils — ele chamou. Acenou com o emmental. — Olhe aqui o que você esqueceu.

— Ahh — Nils respondeu. — Delícia.

— Podemos comer hoje à noite quando você chegar em casa. É a sua última noite, afinal de contas.

— Está combinado — Nils respondeu.

A porta bateu e Nils se foi. O pai ficou lá parado por um momento, olhando para a porta. Tirou o chapéu de formatura e colocou na mesinha do corredor. Foi para o quarto dele. E assim começou mais um período de espera até que Nils voltasse para casa mais uma vez. Cada hora era importante, porque no dia seguinte ele partiria para a viagem dele, nove meses como voluntário na América Central. Benjamin considerou o fato de isso acontecer assim tão rápido, logo depois da formatura dele, uma provocação perigosa à mãe e ao pai, uma demonstração de que ele não queria ficar em casa um dia a mais que o necessário. Mas a mãe e o pai pareceram acreditar nele quando disse que precisava dar um tempo de tudo, que ele queria limpar a mente e ver o mundo. Benjamin caminhou pelo corredor que levava aos quartos e abriu a porta de Nils com cuidado. As malas dele já estavam feitas, três valises empilhadas uma em cima da outra. A prateleira de CDs estava vazia, assim como a estante de livros. Só haviam sobrado nas paredes as manchas de gordura simétricas que antes tinham segurado os pôsteres de filmes de Nils. Clinicamente, estava feito. Nils tinha dito que voltaria para casa na primavera, mas Benjamin sabia que alguém que deixava um quarto nessa condição, expurgado com tanto esmero, estava indo embora para sempre.

Ele entrou no seu quarto. Era à tarde, mas parecia noite. A mãe de volta ao sofá com sua revista. O pai em uma poltrona no escritório dele, lendo um livro. Benjamin se deitou na cama, fechou os olhos um tempinho e caiu no sono. Quando acordou, estava escuro lá fora. Ele olhou para o rádio-relógio: 22:12. Ele estava com frio, graças a uma janela aberta, e pensou em se levantar, mas não conseguiu se convencer. Ficou prestando atenção nos sons do apartamento. A TV estava ligada na sala, mas ele não escutava nenhuma conversa. Será que Nils tinha voltado para casa? De repente ele ouviu a voz estridente da mãe:

— Será que dá pra parar?!

Devia ser Pierre mastigando cubos de gelo: a mãe detestava aquilo, e Pierre sabia, mas não conseguia parar. Benjamin ouviu passos no assoalho, Pierre saindo da sala e indo para o quarto. Pierre voltou a sair, Benjamin ouviu passos e de repente

Pierre estava parado à porta do quarto do irmão. Ele entrou direto, colocou o cigarro entre os dedos e saiu para a sacadinha no quarto de Benjamin. Já fazia um tempo que Pierre fumava escondido, e ficava cada vez mais ousado. A mãe cheirava os dedos dele de vez em quando, conferia para ver se encontrava manchas, e, para não ser descoberto, Pierre colocava gotas de vinagre nas mãos depois de cada cigarro. Ele sempre carregava um frasco na mochila e esfregava o líquido nas mãos no elevador antes de voltar para casa à noite. Sempre aquele odor pungente na escadaria, nas roupas dele. A mãe nunca o pegou no pulo, mas ela uma vez observou, confusa, que cheirava a "comida" quando ela entrava no quarto dele.

Benjamin observou Pierre ali fora na sacada, a maneira habilidosa como ele segurava o cigarro, a mão em concha para que o fósforo não apagasse com a brisa, sua capacidade de deixar o cigarro pendurado nos lábios como se não fosse nada ao fechar o zíper do casaco, como ele apoiava os braços na grade, tragando e soprando a fumaça pelo nariz. Às vezes ele se movimentava como se fosse muito mais velho, por exemplo quando o olhar dele parecia ficar paralisado, como se ele de repente tivesse pensado em uma das grandes mágoas da vida, ou quando ele ficava olhando para os prédios, o rosto contorcido depois de dar mais um trago. Benjamin não achava mais que Pierre parecesse um menino ou adolescente; ele parecia carregar um peso da maneira que só alguém com muita experiência de vida poderia carregar. Estava cada vez mais fechado, raramente queria conversar sobre as coisas pelas quais tinham passado juntos. Essa era uma mudança. Benjamin se lembrava de uma vez que a mãe e o pai estavam tendo uma briga feia, gritando um com o outro no apartamento, e a briga ficou mais séria e se tornou física, passos rápidos pelo corredor, portas batendo, a mãe tentando fugir da fúria do pai. Ele se lembrava do sorriso louco do pai quando abriu a porta a força, enfiou a mão na fresta e perdeu o controle. Ele se lembrava de ter puxado Pierre para dentro de um armário e fechado a porta enquanto a briga fervia do lado de fora, os sons dos corpos, berros, sons que alimentaram imagens impensáveis na mente de Benjamin, e eles se sentaram no piso e se abraçaram, Pierre chorando, Benjamin cobrindo os ouvidos de Pierre e sussurrando:

— Não ouça.

Eles estavam juntos.

Ainda havia momentos quando ele experimentava vislumbres do que eles poderiam ser. Manhãs bem cedo na cozinha, em pé um ao lado do outro colocando chocolate líquido no leite. E, quando Pierre derramava, Benjamin imitava o pai e sussurrava, horrorizado: "Você é desastrado!", e Pierre imitava o método da mãe de solucionar conflitos: "Vou para a cama". Soltavam risinhos abafados. Ficavam ali com o cabelo desgrenhado logo depois de acordar, em silêncio mais uma vez, mexendo o leite com chocolate; eles estavam juntos.

Mas então eles iam para a escola e Pierre era uma pessoa diferente ali. Os dois meninos podiam se cruzar sem nem se cumprimentar. Durante os intervalos, entre as aulas, no corredor, Benjamin de repente escutava uma confusão entre as fileiras de armários e, quando passava, via que Pierre tinha empurrado um aluno contra a parede, via que ele estava debruçado para pressionar a testa contra a do menino mais novo. Ele só reparava muito de leve e seguia em frente, não queria olhar, mas então carregava a imagem da natureza explosiva do irmão dentro de si; não conseguia esquecer. Ele tinha visto aquilo nos meninos do centro de correção juvenil e nas gangues que circulavam pela praça e às vezes entravam no metrô e paralisavam um vagão inteiro. Neles, ele enxergava um tipo de masculinidade que era incapaz de compreender e de que ele não fazia parte. Agora lentamente ele começava a entender que aquilo também estava presente na família dele, em Pierre, em seu comportamento cada vez mais irracional, na maneira como a mochila dele fazia barulho com as estrelas de arremesso que ele confeccionava na aula de marcenaria. E Benjamin o tinha visto fumando atrás do ginásio à tarde, arremessando as estrelas na parede com os amigos. Um dia ele descoloriu o cabelo, totalmente sozinho, sem pedir à mãe. Algo deve ter dado errado, porque ficou todo amarelo, e ele voltou a tingir no dia seguinte, tão preto que ficou quase roxo. Era só cabelo, mas afetou a maneira como as pessoas o enxergavam. Aquele cabelo inimaginável de tão escuro, que podia ser avistado do outro lado do pátio da escola, e seu olhar cauteloso, como se estivesse sempre prestes a cair em uma emboscada. E aquele barulho constante nos corredores, o estalo das estrelas de arremesso na mochila dele, e os meninos mais novos prensados nos armários.

Ele começou a observar Pierre em segredo nos intervalos e só então, ao examinar o irmão mais novo a distância, foi que enxergou a si mesmo. Era inverno, a temperatura marcava abaixo de zero e na hora do recreio das duas da tarde já estava escuro. Os alunos brincavam de jogar uma bolinha de tênis no asfalto coberto de gelo e saía vapor da boca deles; quando tentavam lançar a bola, ela grudava nas luvas cobertas de neve. Benjamin avistou Pierre no entorno do jogo, observando com o casaco muito fino dele, sem gorro, as mãos vermelhas enfiadas nos bolsos do jeans. E uma raiva repentina tomou conta de Benjamin: Por que a mãe e o pai não tinham dado um casaco mais quente para ele? Por que ele não estava usando gorro nem luvas?

Foi só quando estava voltando para a sala de aula que ele reparou que estava morrendo de frio também, e que a jaqueta dele era tão fina quanto a do irmão. Lentamente, ele juntou todas as pistas e aprendeu a se conhecer só de olhar ao redor de si. A imundície em casa, os pingos de urina no chão em volta da privada que faziam um barulhinho quando o pai pisava ali de chinelo, as bolas de poeira embaixo das camas, movendo-se de leve com a brisa da janela aberta. Os lençóis amarelando devagar na cama das crianças até que finalmente eram trocados. Tanta louça suja na pia; quando se abria a torneira, os mosquitinhos revoavam, desalojados dos lugares em que se escondiam entre os pratos. Os anéis de sujeira na banheira feito marcas da variação do nível do mar no porto, os sacos de lixo se empilhando um em cima do outro ao lado da sapateira no hall de entrada.

Benjamin começou a perceber que, além de a casa deles ser suja, as pessoas dentro dela também eram. Ele começou a encaixar as peças do quebra-cabeça, comparando os outros a si mesmo. Durante as aulas, ele limpava a sujeira debaixo das unhas com a ajuda de uma lapiseira. Aquilo ajudava a passar o tempo, e ele apreciava o fato de que a tarefa rendia resultados imediatos. Ele arrastava o metal com cuidado por baixo de cada unha e as manchas escuras desapareciam sem deixar vestígio, uma após a outra. Ele juntava a sujeira em um montinho na mesa. Mas, quando por acaso olhava as unhas dos colegas, nunca via sujeira nenhuma; alguém tinha cuidado das mãos deles, garantido que estivessem limpas, que as unhas estivessem cortadas. O professor de arte, que costumava se debruçar por cima dele, tinha cheiro de café em seu hálito e de algum tipo de detergente com perfume de maçã que ficava nos suéteres tricotados que ele usava. Uma vez, ele pediu a Benjamin que ficasse na sala depois do fim da aula. O professor se agachou ao lado da carteira e disse que às vezes, quando o ajudava, percebia que Benjamin cheirava a suor, e que ele não queria interferir, mas sabia como os adolescentes eram, que aproveitavam cada oportunidade para serem cruéis uns com os outros, e um dia iriam fazer piada com ele por causa do cheiro. Benjamin escutou o professor com atenção. Na verdade, só há duas coisas a serem lembradas, ele disse: Troque as meias e a cueca todos os dias. Tome banho todas as manhãs. Naquela noite, Benjamin avaliou sua higiene. Quando ninguém estava olhando, ele enfiou a mão dentro da camisa, passou na axila e cheirou os dedos. Pela primeira vez, sentiu o cheiro do próprio suor. De repente ele enxergou tudo com clareza.

Na sacada do lado de fora, Pierre fez um último gesto com o cigarro e jogou longe com o polegar e o dedo médio; a bituca saiu voando feito um vaga-lume por cima da grade. Ele entrou e fechou a porta da sacada em silêncio atrás de si, deu alguns passos dentro do quarto e então saiu. O cheiro de vinagre ficou no quarto de Benjamin depois que ele foi embora.

Benjamin continuou na cama. As luzes do estacionamento tremeluziram e ganharam vida, uma a uma, brilhando através das persianas e formando pequenas lanças de luz na parede. Uma luminariazinha no parapeito da janela emitia um brilho fraco que refletia pontos no teto; pareciam as águas-vivas luminosas em um mar verde que ele tinha visto uma vez em um documentário sobre a natureza na TV.

    Ele escutou os sons da noite suburbana, dois cachorros trocando latidos histéricos lá embaixo. Alguns rapazes correndo pela praça, tentando pegar o metrô; escutou quando deram risada. E, mais baixo, porém com mais força, o rugido distante da grande rodovia a mais ou menos um quilômetro de distância. Ele devia se levantar. A tarde toda e o começo da noite tinham passado. Ele estava cansado, queria dormir, mas devia haver algo de errado com alguém que dorme tanto. Ele se sentou ereto na cama, levantou-se devagar, sentiu frio, foi até o armário pegar um suéter. Do outro lado da porta, ouviu o pai se aprontando para ir para a cama. O pai sempre levava suas preparações consigo para o corredor; escovava os dentes ali como se não quisesse perder nada que pudesse acontecer. Depois foi até o pequeno lavabo ao lado do banheiro grande, e só quando descobriu que sua visita à privada estava fazendo muito barulho foi que ele fechou a porta, com firmeza e meio irritado, como se outra pessoa tivesse deixado aberta. Cuspiu algumas vezes na pia, abriu a torneira e assim estava pronto. Os passos pesados dele no corredor. Através da porta meio aberta, Benjamin o viu passar de pijama. O pai parou e baixou os olhos para o chão.

— Boa noite! — ele disse para o apartamento todo.

— Boa noite — a mãe respondeu da sala.

    O pai se demorou por um momento, parecia que estava tentando encontrar algo no tom dela, algo para sugerir que ela queria ficar acordada com ele mais um tempo, afinal de contas, comer um sanduíche e beber um pouquinho. Mas a resposta dela foi breve e decisiva, e ele devia ter entendido que dessa vez não ia rolar. Benjamin ouviu quando ele entrou no quarto dele. Fazia alguns anos que eles dormiam em quartos separados: a mãe alegava que era porque o pai roncava muito alto. E Benjamin ficou lá deitado no escuro, acompanhando os sons conhecidos, recorrentes. Ouviu a mãe baixar o volume da TV imediatamente, viu a sala escurecer enquanto ela apagava uma luz atrás da outra. A mãe sempre fazia isso quando o pai ia para a cama, porque sabia que ele talvez não conseguisse dormir e em meia hora ele iria se levantar, abrir a porta do quarto e olhar para fora com avidez, à caça de companhia, e, no instante que isso acontecia, ela desligava a TV, rápida como um raio, de modo que a sala ficava um breu. O pai nunca ia até a sala; ele parava depois de alguns passos no corredor. E daí voltava para a cama. A mãe ficava sentada no escuro por um minuto. Só então ligava a televisão novamente.

Benjamin acordou. Ele estava na cama, mas não se lembrava de ter voltado para lá. E devia ter caído no sono. Ele se inclinou para olhar o rádio-relógio: 00:12. Ouviu o elevador ganhar vida e imaginou o pequeno cubo de ferro solitário subindo pela escuridão, erguido em seu poço. Ele gostava de ficar deitado ali à noite, escutando o trabalho do elevador por todo o prédio; ele conhecia todos os seus sons, o estalo quando o mecanismo de tranca fixava a porta e ele começava a se mover, a balbúrdia tola do alarme quando alguém apertava o botão de emergência sem querer, o pequeno baque surdo quando o elevador chegava a um andar e finalmente parava. Ele sabia que era Nils voltando para casa e foi tomado pela percepção de que aquela seria a última vez que escutaria o som de Nils no elevador, os passos silenciosos entre o elevador e a porta do apartamento, o barulho das chaves dele, que sempre começava antes de ele sair do elevador, uma manifestação típica de sua natureza racional: ele queria estar pronto, não queria perder tempo nenhum parado na frente da porta procurando as chaves. A porta se abriu e se fechou. Benjamin enxergou o irmão à luz amarela do lado de fora de seu quarto. Ele reluzia, brilhante do mundo lá fora, da traseira da picape na noite cinzenta de junho, das festas frias ao ar livre com cerveja quente, de ficar se agarrando apoiado em arbustos, das plataformas de trem cheias de eco e dos ônibus vermelhos lotados se espalhando pelos subúrbios. Ele ficou lá parado com seu brilho, inalcançável, já não mais ali, uma lenda que no passado tinha morado naquela casa. A mãe chegou para falar com ele e eles foram para a cozinha. Benjamin só escutava trechos embaralhados da conversa deles; ouviu a porta da geladeira abrir e fechar, talvez alguém tenha pegado o queijo emmental? E o barulho de cadeiras sendo arrastadas quando eles se acomodaram à mesa da cozinha, o murmúrio abafado através de três paredes; era difícil escutar as palavras sendo trocadas, mas impossível não perceber o tom, as vogais suaves, os silêncios tolerantes. Benjamin ficou calmo, ficou triste, sentiu o coração bater, sabia que precisava sair da cama antes que a oportunidade o deixasse para trás, tinha que correr até a cozinha e implorar a Nils: Fique. Tinha que dizer ao irmão que não havia outra escolha, ele tinha que ficar, ou então, sinceramente, Benjamin não sabia o que ia acontecer. Ele compreendia que a partida de Nils significava que algo iria se romper de uma vez por todas. Afinal como ele iria consertar a família se um dos integrantes desaparecesse? Ele também sabia que a viagem de Nils anunciava perigo para o próprio Benjamin. Se Nils desaparecesse, significava uma pessoa desaparecendo da realidade, uma mão no ombro dele, segurando-o no lugar. Agora seria uma pessoa a menos para assegurar a Benjamin que a família dele existia e que ele existia no âmbito dela. Alguém com quem ele podia trocar olhares cheios de significado à mesa de jantar e que podia afirmar em silêncio para ele: Você existe. E isso aconteceu.

Ele ficou ali deitado. Sentiu as costas pressionadas contra o colchão. Ficou pensando na distância até o solo. Terceiro andar. Dez metros até lá embaixo, quem sabe doze. Ele não sobreviveria a esse tipo de queda, se a estrutura cedesse, se ele por acaso atravessasse o concreto. Ergueu os olhos para o teto em busca de algo a que se agarrar, remexendo em busca de lençóis e travesseiros, senão ia cair em direção ao teto, uma queda livre a cem quilômetros por hora, direto para a superfície da água, na direção das águas-vivas luminosas.

Ele tinha que se levantar, tinha que sair correndo. Mas como poderia fazer isso, no meio de uma conversa que não podia ser interrompida sob nenhuma circunstância? Era obrigação dele consertar as coisas para que os familiares dele conversassem, exatamente como a mãe e Nils estavam fazendo, para que se amassem e tudo ficasse bem. As palavras simpáticas chegavam como um murmúrio através das paredes, frases com entonação otimista, cheias de amor, que o prendiam à cama. Ele ouviu Nils dizer algo e ouviu a mãe dar risada. Então outro som, uma porta se abrindo: O pai estava acordado! Era uma de suas voltas pelo apartamento para ver se alguém queria lhe fazer companhia por um tempo. A mãe não tinha percebido que ele estava acordado, porque Benjamin ainda não escutara nenhuma ira, nenhuma voz estridente na noite. Ele escutou sons que não entendeu. Ouviu algo vibrando no assoalho e viu o contorno de Nils quando ele passou pela fresta da porta:

estava levando as malas para fora. Benjamin não entendeu: ele só deveria partir amanhã. Eles não iam tomar café da manhã juntos e se despedir? O que estava acontecendo?

Ele olhou para o relógio: 7:20.

Ele tinha que se levantar!

O pai passou andando na frente do quarto; já não estava de pijama, mas agora vestido.

— Pegou tudo de que precisa? — ele ouviu o pai dizer.

— Peguei — Nils respondeu.

Dificuldade com as malas, a porta abrindo. Benjamin teve vontade de gritar, mas não conseguiu proferir nenhuma palavra.

— Adeus, meu menino — o pai falou. — Cuide-se. E ligue quando puder.

A porta fechou.

| **16** |

8 horas

O céu se abre e um aguaceiro insano engole o carro, e pouco depois da chuva vem o vento. Benjamin enxerga os sinais na escuridão repentina, nas bandeiras que repuxam em seus mastros acima das fachadas de hotéis e em um pedestre que inclina o corpo contra a tempestade ao caminhar pela calçada. Este é o tipo de vento capaz de levar uma cidade inteira embora, uma tempestade que devia ter nome de gente.

E, com a mesma velocidade em que a tempestade chegou, ela passa. Os irmãos descem do carro, o ar está limpo depois da chuvarada. Eles atravessam o cemitério. A lama respingou nas lápides; a água continua correndo nas valas. O caminho é estreito, os mortos se apertam de ambos os lados do cascalho em que eles caminham. Benjamin e Nils ombro a ombro, Pierre não muito atrás, lendo em voz alta o nome daqueles que morreram. Ele às vezes informa os irmãos dos detalhes, lendo

os poemas entalhados nas lápides. Os que morreram jovens chamam mais sua atenção.
— Doze anos! — Pierre exclama.
Ele caminha com os olhos fixos nas lápides, para, e Benjamin escuta quando ele grita atrás deles:
— Que merda, aqui tem um de sete anos!
Atrás de uma mureta fica um prédio baixo de concreto cinzento: o crematório. Benjamin visitou um lugar assim muito tempo atrás, em um passeio da escola, e há algumas coisas que ele nunca vai conseguir esquecer. Ele viu as salas de refrigeração e as salas de congelamento em que os caixões eram armazenados antes de serem queimados. Pessoas mortas enfileiradas, esperando para desaparecer. O manuseio industrial, as empilhadeiras que transportavam os caixões de um lado para o outro. O jargão dos funcionários, piadas e gritos ao transportarem os corpos, como se estivessem trabalhando em um armazém de frutas. Enfileiradas no calor, iluminadas pelo brilho amarelo do forno, as crianças observavam enquanto um caixão era enfiado no fogo. Através de uma janelinha, podiam observar o fogo crepitante que derretia madeira, tecido e carne, transformando tudo em uma coisa só, destruindo tudo. O operador do crematório pegou um recipiente de aço inox que parecia as travessas em que serviam comida na escola. Ele tinha uma pá comprida que usava para recolher os restos humanos. Havia uma cesta bem ao lado do forno onde o atendente colocou as coisas que o fogo não tinha destruído. Amálgama de restaurações dentárias, pregos do caixão. As crianças receberam autorização para espiar dentro da cesta; o atendente exibiu o conteúdo e o sacudiu como se fosse um saco de doces. Benjamin viu parafusos que tinham estado em quadris, próteses, restos de bombas de insulina e de marca-

-passos, as quinquilharias da morte, cobertas de cinzas. O homem avisou às crianças que estava na hora de parar de olhar se elas quisessem, e alguns dos alunos se viraram de frente para a parede, mas Benjamin observou com atenção enquanto o operador juntava o que tinha sobrado do esqueleto em um recipiente. Alguns ossos estavam tão intactos que dava para ver o formato. O homem usou a pá para separar as partes maiores. Em seguida o recipiente foi para um moedor e então, quando o pó fino foi derramado em uma urna, Benjamin se deu conta de que aquilo não eram cinzas, como ele sempre tinha achado que fossem. Eram ossos esmagados.

Os irmãos entram pela porta do crematório; a pequena antessala é como uma recepção, com um balcão sem ninguém atrás. Pierre aperta uma campainha eletrônica e ela toca em algum lugar distante. Benjamin olha ao redor. É como estar no meio de uma vida profissional e uma vida privada ao mesmo tempo, é tanto um escritório como uma sala de descanso, com almanaques abertos e lápis mordidos em cima do balcão, uma fotografia de um time de hóquei na parede. Um homem sai das partes internas do crematório, e fica óbvio, desde o início, que aqui se lida com a morte de um jeito diferente do que acontece nas funerárias, em que pessoas esbeltas vestidas de preto servem café às viúvas. O homem chega com um molho de chaves, usando jeans que só tem um pouco de cor restante nas laterais.

— Viemos buscar a urna da nossa mãe — Nils informa e tira uma pasta da bolsa do seu laptop, espalha os papéis em cima do balcão e entrega um deles para o homem, que começa a digitar no computador.

Silêncio.

— Certo. Sim, aqui está ela. Mas não devia ser enterrada hoje, esta tarde?

— Não, houve uma mudança — Nils explica. — Eu liguei hoje de manhã para cancelar o enterro.

— Que estranho — o homem comenta. — Não tem nada aqui sobre isso.

— Eu recebi a confirmação.

O homem digita no computador, aproximando-se bem da tela para decifrar a informação. Um rádio está ligado na sala ao lado e, mais ao longe, um ruído cheio de ecos, parecido com tiros em um hangar, seguido por vozes intensas. Benjamin imagina um problema específico acontecendo com a pessoa qualquer que esteja ali atrás, um caixão que se revele grande demais para a porta do forno.

— Com quem você falou quando ligou? — o homem pergunta. — Não fui eu.

— Não lembro. Mas foi agorinha mesmo.

— Que coisa — ele lamenta. — Isso não faz o menor sentido.

Nils folheia os documentos mais uma vez, seleciona mais alguns deles e os coloca lado a lado no balcão.

— Aqui está a notificação para a administração municipal, dizendo que nós temos a intenção de enterrar nossa mãe por conta própria e que queremos levar a urna. Eu preenchi e mandei por e-mail hoje de manhã.

O homem atrás do balcão não toca nos documentos, apenas se inclina para ler os papéis.

— Isto aqui não é uma notificação — ele esclarece. — É uma requisição. Você precisa da aprovação da administração municipal.

— O quê?

— Você não pode simplesmente vir aqui e pegar uma urna. Tem que requerer um espalhamento de cinzas particular e receber aprovação. Você explica onde quer espalhar as cinzas e anexa um mapa, ou uma carta náutica, se quiser fazer no mar. Então a administração lê a sua requisição e eles costumam entrar em contato com a decisão mais ou menos uma semana depois.

— Infelizmente nós não temos uma semana. Isso tem que acontecer hoje.

— Eu não posso entregar a urna a menos que eu saiba que as providências foram aprovadas pela administração.

— Você não pode só dar uma olhada nestes formulários? Dá para ver que não tem nada de anormal neles. Só estamos com certa pressa.

— Nós temos um ditado aqui — o homem declara enquanto junta os documentos em uma pilha. — "Tudo tem seu próprio tempo, e uma coisa de cada vez." A gente não pode ter pressa quando faz este tipo de trabalho.

Nils solta uma risada abrupta. Metódico, coloca os papéis de volta na pasta e fecha.

— O negócio é o seguinte. A nossa mãe devia ser enterrada hoje. E ontem à noite os meus irmãos e eu fomos até o apartamento dela para ver se havia alguma coisa de valor que quiséssemos guardar, antes de a equipe de mudança chegar para jogar tudo fora. Na gaveta de cima da escrivaninha dela, nós encontramos uma carta que dizia: *Se eu morrer*.

Nils abre a pasta mais uma vez e tira dali um envelope. Entrega ao homem.

— Não precisa ler tudo, mas aqui está. — Ele aponta para o último parágrafo. — Bem aqui, a minha mãe diz com toda a clareza que não quer ser enterrada aqui. E isso significa que ela não quer o enterro que eu passei tanto tempo planejando durante as duas últimas semanas. Ninguém ficaria mais contente do que eu se ela fosse enterrada hoje à tarde, mas nós só estamos tentando atender ao último desejo da nossa mãe. Então nós precisamos suspender o enterro hoje. E precisamos levar a urna.

Os lábios do homem se movem em silêncio enquanto ele lê.

— Uau. Dá para perceber como isto aqui está atrapalhando os seus planos.

— Pois é — Nils aponta. — A noite foi longa.

— Posso imaginar. — O homem devolve a carta a Nils. — Mas sinto muito. É contra a lei eu entregar a urna a vocês.

Ele pousa as mãos no balcão. As mangas dobradas revelam tatuagens, os traços borrados na pele.

— É uma questão de respeito pelos mortos — o homem conclui.

O recinto está em silêncio. Nils baixa os olhos para a pasta dele. Pierre dá um passo adiante e para ao lado da mesa, bem na frente do homem.

Benjamin percebe imediatamente, pela postura de Pierre, pelo pescoço recuando para dentro dos ombros, pela voz bem no fundo da garganta, quase como se ele estivesse engasgando.

— Será que pelo menos nós podemos dar uma olhadinha na urna um minuto?

— Claro — o homem responde. — Não vejo por que não.

— Onde está?

— Na sala das urnas. Esperem.

O homem pesquisa no computador, balbuciando alguns números para si mesmo para memorizar, e se afasta; Benjamin escuta o barulho das chaves em alguma sala dos fundos e, depois de um momento, ele retorna. A urna é verde, feita de cobre. Lisa e redonda, com um puxadorzinho em forma de tocha no alto. O homem coloca a urna no balcão, e então tudo acontece muito rápido. Pierre agarra a urna e a entrega a Benjamin, se eleva por cima do balcão e salta, derruba o homem no chão e se posiciona por cima dele.

— Sua ratazaninha — ele diz.

O homem se contorce e faz uma careta, tentando se desvencilhar, mas Pierre segura forte e pressiona o braço contra o pescoço do homem.

— Puta que pariu, Pierre. — Nils olha para o irmão, uma olhadinha rápida, toma uma resolução, recolhe a pasta, vira na direção da porta e sai andando. — Casa de loucos — ele diz a si mesmo, e então já se foi.

Os pés de Benjamin estão pregados no chão. Ele observa Nils sair do recinto e não consegue ir atrás; ele vê Pierre atacando o sujeito do crematório e não consegue interferir. Só consegue ficar ali parado assistindo aos acontecimentos inexplicáveis que se desenrolam. Ele olha para a fúria de Pierre. Não sabe o que aquilo quer dizer, não consegue sentir a abrangência de sua força, não sabe do que Pierre é capaz agora. Pierre está com o joelho nas costas do homem e se debruça por cima dele, sussurrando em seu ouvido:

— A nossa mãe morreu.

— Me solta! — o homem grita.

— Cala a boca! — Pierre sibila. — A nossa mãe acabou de morrer. E você está dizendo que nós não temos direito às cinzas dela?

Pierre deve estar segurando de um jeito que está torcendo alguma junta, porque o homem está parado, com o rosto amassado contra o piso. Depois de um momento, o homem desiste; logo fica completamente imóvel.

— Eu vou soltar você daqui a um segundinho — Pierre informa —, e você vai ficar exatamente onde está. Entendeu? Não vai se mexer nem um centímetro, porque senão eu vou machucar você outra vez.

Devagar, Pierre vai aliviando a força. Ele se levanta. O homem fica no chão.

— Sua ratazana — Pierre diz. E salta mais uma vez por cima do balcão. — Vamos, Benjamin.

Pierre pega a urna das mãos de Benjamin e os irmãos se afastam apressados pelo caminho de cascalho, passando pelas lápides. Benjamin vê o carro, todos os pingos de chuva na pintura; está estacionado de qualquer jeito na rua estreita, os pneus do lado direito na calçada, os da esquerda em solo sagrado. Pierre abre o porta-malas e coloca a urna lá dentro. Benjamin passa por Nils, que está no banco traseiro, repara no jeito como ele está olhando para o céu cor de cimento. Eles entram no carro e vão embora.

— E o túmulo do pai? O que nós vamos fazer? — Benjamin pergunta.

— Não temos tempo para isso agora, porque eles podem muito bem vir atrás de nós — Pierre diz. — Mas eu posso passar por lá com o carro.

Benjamin pega o buquê de tulipas que tinha pousado no painel e passa os dedos pelos caules ásperos. O pai e a mãe adoravam tulipas porque eram um sinal da primavera. Toda sexta-feira entre março e maio, desde que ele conseguia se lembrar, o pai comprava um buquê de tulipas; elas ficavam na mesa da cozinha, esperando a mãe, para quando chegasse em casa do trabalho. Ali está a bétula mais alta do cemitério, e, embaixo dela, o pai. Aquele sempre tinha sido o plano, que o lugar dele seria ali. Os irmãos passam devagar pela árvore e olham para a lápide do pai, um bloco robusto com os poucos símbolos que resumem a vida dele.

— Estão vendo o buraco? — Pierre diz.

Tem um buraco cilíndrico no solo ao lado do túmulo do pai. Exatamente do tamanho certo para uma urna. O coveiro fez o trabalho dele; tudo está pronto para hoje à tarde, quando a mãe deveria ser enterrada ali. Uma névoa vem se arrastando da floresta, as bétulas pesadas largam suas folhas no chão em volta do local, e Benjamin se lembra de algo de uma vida atrás, no quarto da mãe e do pai, caixas empilhadas ao longo da parede... será que tinham acabado de se mudar? A mãe e o pai estão tirando coisas das caixas e de repente correm até a cama sem lençóis, risadas e disputa, porque os dois querem o mesmo lado, ambos querem se deitar à direita. Eles gritam e brincam de brigar, rolando de um lado para o outro, e então se beijam. Nils fica envergonhado e desaparece, mas Benjamin não arreda pé, ele não quer deixar passar nada. Quando Benjamin olha para a lápide do pai, vê que ele teria ficado com o lado direito, e que eles repousariam ali, mortos juntos, mas a carta da mãe mudou tudo, e daqui a algumas horas o coveiro vai chegar com novas informações e preencher o buraco, consumando a traição da mãe, tornando a solidão do pai eterna.

ELES SAEM DO CEMITÉRIO e logo estão a caminho, um carro carregado com os irmãos e um recipiente de cobre cheio com os ossos esmagados da mãe. Eles passam pelos subúrbios, pelas comunidades mais afastadas da cidade, tantos sinais vermelhos, e chegam à rodovia. Ele ergue os olhos para os imensos postes elétricos ao longo da estrada europeia. Os cabos pretos descem lentamente para o verão do lado de fora das janelas do carro, então voltam a se curvar para cima, chegando ao ponto mais alto no topo das enormes estruturas de aço que ladeiam a estrada, cem metros, então caem mais uma vez, fazendo uma mesura para as campinas embaixo deles.

| 17 |

Os fugitivos

O dia começou com a promessa de um passeio para esquiar. Era um domingo em março, duas semanas depois do aniversário de vinte anos de Benjamin. Ele estava na cozinha, observando enquanto o pai preparava o café da manhã. O pai usava um roupão claro que revelava com tanta nitidez as diversas manchas de cafés da manhã passados, o cabelo todo desgrenhado, os óculos pendurados pela cordinha por cima do peito. Ele balbuciou "Droga" para si mesmo ao colocar um ovo na água com muita força, e o ovo rachou. Ele estava atrapalhado com as tarefas quando a torrada saltou da torradeira bem na hora que o bule começou a apitar, mas resolveu tudo e levou a bandeja para a sacadinha minúscula do quarto de Benjamin. Benjamin seguiu logo atrás dele. Ar fresco e gelado e o sol que só trazia calor quando a brisa fraca cessava. Estava frio demais para ficar do lado de fora, mas o pai não se incomodava, sempre dizia que não queria deixar a primavera passar em branco.

— Fique de frente para o sol — o pai disse. — É tão gostoso.

— Não, pode aproveitar.

— Tem certeza?

Ele se lembra de ficar sentado ali fora enquanto os outros integrantes da família dormiam, observando a manhã ganhar contornos mais definidos. O pai tomava seu chá, que cheirava a alcatrão e veneno e fumegava no frio. Ele olhou para o estacionamento coberto de neve, e para o bosque logo além que circundava o lago. Ele se lembra do pai fechando os olhos por um momento e apoiando a cabeça na parede. E que, cada vez que o pai abria um ovo para descascar, ele conseguia saber a direção do vento quando o vapor desaparecia no espaço aberto.

— Vamos fazer alguma coisa hoje, só você e eu? — o pai perguntou.

— Claro. Tipo o quê?

— Não sei. Que tal sair para esquiar?

Benjamin olhou para o pai, confuso.

— Esquiar? Nós temos esquis?

— Claro que sim. Ainda devem estar por aí. Acho que estão em algum canto do porão.

Parecia que tinha sido em outra vida, mas ele e o pai costumavam sair para esquiar juntos quando Benjamin era pequeno. Trilhas brancas no meio das florestas escuras, em campos abertos com vista para os vales, onde o pai ficava tão comovido que precisava simplesmente parar por um momento e apreciar. Pegavam os sacos de almoço, sanduíches de pão de centeio com caviar que derramava pelas pontas, colando ao filme plástico, e laranjas que eles descascavam com os dedos congelados. Então eles seguiam em frente, o sol baixo e brilhos de diamante na neve, descendo as montanhas com rapidez, para dentro da floresta, que estava em silêncio, deserta e morta, mas havia sinais de garras e cascos por cima das marcas de esqui, como se a floresta tivesse uma vida secreta quando ninguém estava olhando, e voltavam para casa com as bochechas rosadas e se deitavam no sofá, e o pai massageava os pés de Benjamin com as mãos, como se estivesse fazendo almôndegas, para aquecê-los.

— Seria maravilhoso sair para esquiar mais uma vez — Benjamin disse.

— Não seria? — o pai perguntou.

— Só você e eu.

— É, só você e eu — o pai confirmou.

Benjamin encontrou os esquis do pai no porão, mas os dele não estavam lá. E, de todo modo, já não deviam estar pequenos demais para ele? Resolveram comprar botas e esquis para Benjamin.

Atravessaram o estacionamento, pegando os caminhos de cascalho através da neve que levavam ao centro de compras, e, bem quando chegaram à fonte seca, onde os sem-teto costumavam discutir durante o verão, o pai de repente levou a mão à cabeça. Ele avançou cambaleando, girando em um círculo, até retornar ao lugar em que tinha começado. Benjamin o segurou.

— O que está acontecendo? — ele perguntou.

— Nada — o pai disse. — De repente fiquei com a maior dor de cabeça. — O pai ficou lá parado por um momento, a testa franzida, olhando para a neve, então se abaixou para pegar o gorro, que tinha derrubado. Foi aí que ele caiu. Benjamin se jogou por cima dele, virou de lado, tentou controlar a cabeça do pai, que se agitava. — Não sei o que está acontecendo — ele sussurrou. — Parece que alguma coisa explodiu dentro da minha cabeça.

Foi assim que aconteceu na manhã em que o pai teve o derrame.

A AMBULÂNCIA CHEGOU, e a equipe de paramédicos fez Benjamin se sentir calmo; não teriam trabalhado tão devagar em alguém que talvez estivesse morrendo. Saíram do veículo, examinaram o pai e, como quem não quer nada, abriram as portas traseiras e tiraram de lá a maca de metal brilhante. Permitiram que ele se deitasse nela sem ajuda, prenderam-no com um cinto por cima da barriga. O pai observava tudo que acontecia ao seu redor de olhos arregalados. Um dos paramédicos pousou a mão de leve no braço do pai, finalmente chamou sua atenção, e o pai olhou bem nos olhos dele.

— Você teve um derrame — o homem disse.

— É mesmo? — o pai perguntou, como se fosse um factoide interessante.

Ninguém tinha permissão para ir junto na ambulância. Benjamin ficou de lado e observou colocarem o pai lá dentro. Os olhos deles se encontraram. O pai pegou a mão de Benjamin e acenou como uma bandeira.

— E supostamente a gente ia esquiar — ele falou.

A porta se fechou e a ambulância manobrou devagar, passando pelos curiosos que assistiam a tudo na praça.

Mais tarde, Pierre, Benjamin e a mãe se reuniram ao redor da cama do pai na UTI, e, quando o médico chegou, a notícia era clara: no fim das contas, tudo tinha ficado bem. O pai tinha tido um pequeno sangramento no cérebro, e o exame mostrava que nenhuma das funções cerebrais dele tinha sido prejudicada. Os níveis de oxigênio continuavam baixos, e isso não preocupava muito o médico; o pai ficaria em observação no hospital durante alguns dias, mas, se tudo corresse bem, ele logo poderia voltar para casa.

Nils, que morava fora da cidade, chegou ao hospital uma hora mais tarde. Com ele estava uma mulher de peruca. Benjamin sabia quem ela era: tinham se encontrado uma vez, uns seis meses antes, quando Nils a levou para um jantar de domingo na casa da mãe e do pai.

— Vocês devem estar se perguntando o que é esta peruca — ela disse, apenas alguns minutos depois de o jantar começar.

Estavam mesmo. A peruca era loira, quase branca, e tinha uma franja tão acentuada que não podia haver dúvidas de que aquele cabelo não era de verdade. A mulher disse a eles que esse era o objetivo. Ela tinha uma doença que a fazia perder o cabelo. Em um mundo onde a maior parte das pessoas teria vergonha de ser careca, ela tinha resolvido ser o oposto. Ela não sentia um grama de vergonha, disse. Fizera da peruca, da perda de cabelo, de tudo aquilo, parte da identidade dela. Ela falava rápido e se recusava a ser interrompida, e Benjamin ficou com medo de que a mãe logo fosse perder a paciência. Ela acariciava o braço de Nils na mesa enquanto falava, arranhando-o de leve com suas unhas compridas. Quando Nils saiu para encher a jarra de água, Benjamin o observou enquanto se dirigia à cozinha, percebeu que ele estava com o corpo bem reto, repleto de uma confiança que Benjamin não reconhecia.

Perto do fim da refeição, a mulher tirou a peruca e a colocou na mesa a seu lado. Ela fez isso sem emitir nenhum comentário, então ninguém comentou também, mas um silêncio desconfortável se instalou sobre a mesa feito uma tampa, o barulho dos talheres batendo nos pratos e todos os olhos roubando vislumbres da careca dela, a luz das velas na mesa refletida na cabeça da mulher. Lá estava ela sentada, a mulher de peruca, agora sem peruca, no recinto sagrado da família, atrás de cada abóbada, como se a ausência de limites tivesse se transformado em carne. Talvez ela quisesse agitar as coisas ou causar impacto, e talvez tivesse conseguido por um tempinho, mas, como ela não falou nada, era igual a mexer melado: depois de um momento, tudo ficou como estava antes.

A mulher de peruca chegou ao hospital de mãos dadas com Nils, e ela abraçou cada integrante da família. Essa era a primeira vez que Benjamin via Nils em meses, mas talvez fosse graças a ela que o reencontro parecia mais simples do que Benjamin poderia ter imaginado. O pai estava abalado. Ele deu uma olhada no carrinho com rodas ao lado da cama com aquele olhar inquisidor, igual àqueles depois do jantar quando estavam na casinha, quando ele começava a comer os restos que os outros tinham deixado nos pratos. Ele olhou para os filhos.

— A ambulância foi assustadora — o pai comentou.

— Imagino — Benjamin respondeu.

Pierre entregou a ele um copo de suco e o pai sugou o canudo, pensativo, enquanto olhava para o teto.

— Mas o pessoal da ambulância era legal — o pai disse.

— Sobre o que vocês conversaram? — Pierre perguntou.

— No geral, fizeram um monte de perguntas e me obrigaram a fazer uma porção de coisas idiotas, para ver como eu estava me sentindo.

—- Que tipo de coisa?

— Perguntaram se eu conseguia sorrir. É claro que sim. Depois me pediram para estender a mão e segurar no ar durante cinco segundos. E aí me pediram para repetir uma frase simples, para ver se eu estava enrolando a língua.

— Qual era a frase? — Benjamin perguntou.

O pai respondeu, mas Benjamin não conseguiu entender o que ele disse. Uma breve troca de olhares entre os três filhos. Depois de um tempo, o pai se sentiu cansado e quis descansar, e, quando ele dormiu, a família foi embora do hospital; a mãe disse que voltaria no dia seguinte. Mas Benjamin ficou, para cuidar do pai adormecido.

O DIA AVANÇOU E anoiteceu cedo, o quarto ficou escuro, havia uma faixa amarelo-quente na soleira da porta que levava ao corredor, com sombras negras se movimentando cada vez que alguém passava. O pai acordou mais tarde, conseguiu se sentar ereto na cama e pediu suco de morango. A noite prosseguiu, eles ficaram lá juntos, e uma chuva silenciosa caía lá fora. Talvez aquela última conversa pudesse ter sido mais bem aproveitada. Havia, claro, coisas que Benjamin desejava ter dito, ficou pensando depois, ou perguntas que ele queria ter feito. Lembranças que ele precisava de ajuda para decifrar, coisas que tinha ouvido o pai dizer ou fazer muito tempo antes que ele ainda não entendia. Mas não falaram sobre o passado, nunca tinham falado e não falariam, porque nenhum dos dois sabia como fazer isso, e talvez não fosse necessário, talvez esse silêncio fosse a coisa mais linda que podiam ter juntos, porque eram só Benjamin e o pai, a mãe não estava presente e eles estavam livres e desimpedidos, além do campo de força dela, igual a dois prisioneiros que conseguiram escapar e estavam se recuperando depois da fuga, saboreando o silêncio juntos. Eles não conversaram, não de verdade, mas talvez ainda estivessem felizes naquele dia, quando olhavam ao redor do quarto em estado de alerta, e às vezes os olhos deles se encontravam e eles trocavam sorrisos.

— Isto é tudo tão bobo — o pai disse.
— O que é bobo?
Ele ergueu as mãos, gesticulou para o quarto.
— Isto.
— É mesmo.
— Para nós dois também. — O pai olhou para Benjamin com os olhos embargados. — Era para a gente ter ido caçar.

O pai disse que estava cansado e se deitou de lado, e, uma hora depois de ele dormir, teve o segundo derrame. Os únicos sinais foram uma respiração bem funda, uma ruga entre as sobrancelhas e as máquinas começarem a apitar, e o quarto de repente se encheu de atividade, e Benjamin permaneceu pressionado contra a parede durante toda aquela agitação febril, então um médico o levou para o corredor e disse que dessa vez o pai não iria se recuperar. Benjamin ligou para os outros, e eles voltaram ao leito do enfermo um a um. Pierre foi o último; ele irrompeu no quarto e ficou chocado ao ver que ninguém estava lutando pela vida do pai.

— Não tem nenhum médico aqui?
— Não — a mãe disse. — Eles não podem fazer nada.

Alguém tinha inclinado a cama do pai no meio da confusão, então ele estava com os pés mais altos que a cabeça.

— Por que ele está deitado assim?
— É que... — A mãe parou, fez um gesto com a mão, como se fosse uma explicação.

Nils e a mulher de peruca estavam em pé nas sombras, no fundo do quarto, encostados na parede. A peruca da mulher parecia uma fonte de luz fraca. Ela vestia uma blusa solta enfiada em uma saia, e os mamilos estavam muito visíveis através do tecido. No quarto também havia uma enfermeira, sentada em uma cadeira ao lado de uma máquina que parecia estar monitorando o pulso do pai.

Benjamin tinha se arrastado até a beira da cama, ao lado do pai, e colocado a mão na cabeça dele. O pai estava transformado: de repente parecia mais magro, as bochechas fundas, e o cenho franzido de preocupação, como se estivesse tendo um sonho ruim. Benjamin sacudiu o ombro dele com cuidado e sussurrou:

— Pai. Eu estou aqui.

Ele pousou a cabeça no peito do pai, para ouvir o coração dele batendo; fechou os olhos e enxergou a casinha, o pequeno caminho até o lago. O pai está parado ao lado da casa de barcos desembaraçando as redes; quatro percas fizeram a maior confusão com elas. Benjamin ajuda o pai segurando um pedaço da rede, erguendo o balde quando uma perca cai lá de dentro, e o sol está brilhando entre as bétulas, lançando manchas na camiseta branca do pai, e o pai está concentrado em sua tarefa e de repente ergue os olhos e repara em Benjamin, como se tivesse esquecido que ele estava ali. Eles trocam sorrisos.

— É tão legal da sua parte me ajudar — o pai diz. São só Benjamin e o pai. E o vento fazendo as folhas das bétulas farfalharem.

À beira do lago, em uma tarde quente. O pai e Benjamin estenderam toalhas uma ao lado da outra. Acabaram de dar um mergulho e estão deitados de barriga para cima, ao sol. O pai pergunta se ele pode colocar a mão no ombro de Benjamin. Benjamin fica imaginando por que, e o pai responde:

— É tão reconfortante saber que você ainda está aqui.

Então a mão do pai está pousada sobre ele, apertando-o de leve em direção ao solo, e ele fecha os olhos, e todas as suas preocupações vão embora.

Ele caminha logo atrás do pai pela beira d'água, a caminho da sauna. O pai chama Pierre e Nils:

— Querem fazer uma sauna com a gente?

Ninguém está interessado, e a fagulha minúscula, um pontinho no peito de Benjamin, pega fogo: serão só ele e o pai durante um tempo. Eles entram na sauna.

— Você fica com o lugar perto da janela — o pai oferece.
— Quero que você tenha a vista do lago.

O pai diz que é preciso ouvir com atenção quando se coloca água no aquecedor, porque dá para escutar as pedras sussurrando, e ergue o dedo no ar e a água assobia e respinga ao se transformar em vapor, e ele sussurra palavras de incentivo para as pedras:

— Cuidem uma da outra — ele pede. — Prometam que vão sair se ficar quente demais. — Eles comparam as mãos, estendem o braço na frente da janela com o lago ao fundo. — Eu sou você — o pai diz.

Benjamin se deitou no peito do pai e tentou escutar o coração dele batendo, e cada novo pensamento começava na casinha, e pela primeira vez em muitos anos ele sentiu o ímpeto de voltar; ele queria caminhar à beira do lago, tirar a água do barco, colocá-lo no lago, ver o cabelo do pai esvoaçando ao vento. Ergueu os olhos para o monitor cardíaco. O pulso do pai estava em trinta e cinco. Benjamin não compreendia. Dá para ter trinta e cinco de pulso e continuar vivo? Baixou para trinta e quatro, depois trinta e três. A enfermeira virou a máquina para que a família não tivesse que olhar para aquilo.

E, alguns segundos depois, ela assentiu com a cabeça e disse, concisa:

— Agora.

A mãe se apressou em confirmar.

— Agora o pai está morto — ela disse.

Benjamin ergueu os olhos, viu Pierre em pé no meio do quarto, como se tivesse decidido ir até o pai e então mudado de ideia, as mãos nos bolsos do jeans, e, com a luz fraca, parecia que ele estava sorrindo enquanto chorava. Nils se aproximou devagar. A namorada dele se aproximou e se sentou do outro lado da cama; ela tirou a peruca, colocou ao lado de si e deu um beijo na testa do pai deles. Um clarão iluminou as paredes. Nils tinha sacado uma pequena máquina fotográfica, estava parado ao pé da cama tirando uma foto após a outra; o quarto se iluminava com cada flash.

E Benjamin olhou para o pai, e foi então, no leito de morte dele, que se lembrou do que tinha acontecido naquela manhã mesmo, quando o pai tinha prometido a ele um passeio para esquiar, e, com a lembrança, ele de repente se deu conta de por que tinha um amor tão profundo pelo pai, apesar de tudo. A oportunidade de ficar sozinho com o pai. Eram esses momentos que o tinham sustentado ao longo dos anos, que sempre o tinham feito ficar do lado certo da vida. Os momentos quando uma janela se abria e trazia uma oportunidade para algo que pertencesse apenas a Benjamin e a seu pai, e eles faziam planos juntos, sussurravam com animação falando de tudo que iam fazer, quando o momento de fuga se aproximava.

Logo vai acontecer.

Logo seremos só nós, eu e o meu pai.

| **18** |

6 horas

Ele sai da área central passando pelas ruas vazias, rodando no alto, acima da cidade, pelas rodovias elevadas de concreto, o único carro nas cinco pistas. Este é um carro alugado, com o qual ele ainda não está inteiramente familiarizado; ele confunde o botão da seta com o do limpador de para-brisa, não se acostumou com o câmbio nem com a embreagem. O som que o carro faz quando ele acelera em um sinal verde no centro o lembra de quando o pai errou a terceira marcha e engatou a primeira por engano, e o carro deu um solavanco e soltou um gemido desesperado e a mãe berrou que, para ela, bastava. Logo ele está no interior, campinas e pastos e cercas elétricas com seu brilho gentil ao sol que nasce, laguinhos repletos de juncos altos ao sol da manhã, de repente um campo bem amarelo de colza aparece e vai embora, cheiro de esterco de vaca dos sítios, e as casas vermelhas com molduras brancas cercadas de plantações de grãos delineadas e ajeitadas com cuidado por tratores. Ele dirige por quase uma hora, seguindo as indicações da mulher do GPS. A voz apática dela que talvez contenha algo mais, uma resistência cautelosa: "Você tem certeza de que quer fazer isto?" Ele atravessa os pequenos vilarejos, passando pelos cartazes desanimados de mercados de pulgas, troncos de árvores nodosos de ambos os lados da estrada, como se fosse uma avenida sem fim que leva a uma mansão, estradas pavimentadas que desembocam em estradas pavimentadas menores; ele dirige rápido e sobe uma colina, e então, no meio da estrada, há um cervo-vermelho. Como se estivesse à espera dele. Benjamin freia com tanta força que os pneus cantam, e o carro para a alguns metros do animal. O cervo não fica com medo, não foge para a floresta com os cascos raspando no asfalto. Ele fica parado e olha para dentro do carro, para o assento do motorista. O motor desligou sozinho com a freada violenta, e Benjamin volta a ligar; o cervo não reage ao som e não faz nenhuma menção de se mexer nem mesmo quando Benjamin acelera. É um animal enorme, um metro e oitenta de altura, talvez até maior? Benjamin não sabia que cervos-vermelhos podiam ficar tão grandes. Ele fica lá parado, as patas afastadas, quieto e tranquilo, como se estivesse bloqueando a passagem de propósito, guardando algo que está além. Aquela pelagem castanho-avermelhada. Aqueles chifres enormes, feito árvores de inverno na cabeça dele. Os olhos tão lindos ao sol baixo, com as nuvens cinza-escuro pairando acima da copa das árvores.

Tem alguma coisa em olhar nos olhos de um animal grande. Benjamin se lembra de estar no carro com o pai e os irmãos em uma noite de inverno, o asfalto branco com a neve rodopiando, a estrada margeada por floresta de ambos os lados, bétulas inchadas alinhadas com ciprestes carregados de neve. De repente, havia um filhote de alce parado na estrada, congelado no inverno igual a um retrato. O pai estava indo rápido demais, não teve tempo de frear. O alce bateu na frente do carro, saiu voando pelo lado e sumiu atrás deles. O pai parou e saiu andando pela neve para ver o que tinha acontecido com o animal. As crianças o observaram avançar enquanto esperavam no carro. O pisca-alerta fazia a floresta ficar amarela. Ele voltou depois de um tempo; o animal tinha desaparecido. Todos desceram do carro para procurar por ele pelo acostamento e, finalmente, encontraram. O filhote tinha mancado alguns metros para dentro da floresta e agora estava ali estirado. Benjamin se lembra dos olhos dele. Estavam úmidos e brilhantes, como se ele estivesse chorando com uma certeza delicada de que tudo tinha chegado ao fim. Ele não tentou se levantar, só ficou lá deitado olhando para os quatro na estrada, e o quarteto retribuiu o olhar. O pai remexeu no porta-malas e voltou com uma chave de roda. O que ele ia fazer com aquilo? Ele disse aos meninos que se virassem para o outro lado, que não deviam assistir àquilo.

— Olhem para cima — o pai disse. — Olhem para as estrelas.

E eles ergueram os olhos, vapor saindo da boca dos irmãos, e a noite estava clara e ainda faltava muito para chegar à próxima cidade, nenhuma luz brilhante para anuviar a vista deles, e as estrelas lhes enviavam sinais como se o universo estivesse tentando chamar a sua atenção de todas as direções. E foi como se tudo lá em cima tivesse chegado mais perto, o espaço apertando a bochecha dele, e a Via Láctea fazia os sons do universo se expandirem, dava para ouvir lá de baixo, um rangido prolongado, como quando se puxa a corda de um arco e a madeira reclama. E ele, um menino que com tanta frequência sentia estar nos bastidores, sentiu-se naquele momento como se ele e os irmãos fossem o centro de tudo, quando o pai desapareceu na floresta com sua chave de roda e eles ficaram para trás com o rosto voltado para o céu que rangia.

O pai voltou para a estrada de um salto e gritou:

— Vamos, meninos!

Ele voltou para o carro e jogou a ferramenta no porta-malas. Benjamin ergueu os olhos para o lugar onde o filhote de alce tinha se deitado para morrer, mas já não havia mais olhos brilhantes ali. Então, no carro, os meninos ficaram em silêncio no banco de trás, e o pai bateu as mãos ensanguentadas duas vezes no volante e chorou, chorou feito uma criança, até chegarem em casa.

Benjamin sai do carro e lentamente se aproxima do cervo-vermelho, que olha para a floresta e depois para ele. O animal permite que ele chegue muito perto. Hesitante, Benjamin coloca a mão no focinho do cervo. O animal fica parado, olhando nos olhos dele, respirando com calma, o ar quente passando por entre os dedos de Benjamin. O ar frio do amanhecer de verão se aqueceu em seus pulmões. Benjamin se lembra da vez que quase afundou na água gelada e perdeu a consciência e foi acordado pela água quente que corria por suas mãos. Foi tão gostoso, ele queria mais, queria que a água continuasse esquentando sua pele. Só depois ele percebeu que estava vomitando a água que tinha ido parar em seus pulmões e por isso ela estava quente; seus pulmões a tinham aquecido antes de mandar de volta para fora.

O cervo bufa na mão de Benjamin e sai andando, apenas alguns passos incertos pelo asfalto no começo, mas, quando chega ao limite da floresta, começa a caminhar com confiança por entre as árvores. Depois de um momento, ele se vira e olha para trás. Olha para Benjamin, então começa a se movimentar mais uma vez. Benjamin observa até o animal desaparecer. Ele volta para o carro e continua seguindo em frente, e a moça do GPS, que tinha acompanhado o drama prendendo a respiração e em silêncio, retoma sua orientação gentil e, depois de algum tempo, torna-se mais rígida, direita, depois esquerda, depois direita de novo, e logo Benjamin chegou à casa do irmão mais velho. Benjamin ergue os olhos para a casa, que é rodeada por uma cerquinha branca. Ele buzina duas vezes, acha que vê movimento na janela mais próxima da porta. Nils mora ali há vários anos, mas esta é a primeira vez que Benjamin faz uma visita. É menor do que ele esperava, uma casa térrea de tijolos com um jardinzinho na frente. Uma macieira solitária no jardim. Nils sai depois de um momento com uma bolsa no ombro, e um saco que Benjamin reconhece do dia anterior: as caixas de pierogi congelados em porção individual que eles encontraram no congelador da mãe. Ele também segura uma tigela. Ele para nos degraus da varandinha e solta um assobio agudo, e não demora muito para a gata chegar se esgueirando ao longo da parede. Nils se ajoelha e coloca a tigela no chão. A gata a rodeia, remexe com o focinho uma vez e se afasta. Ela ficou tão gorda. Benjamin se lembra de quando os irmãos a compraram, em um gatil de animais resgatados afastado da cidade. Foi amor à primeira vista. Tentaram determinar de que cor ela era, e a senhora que cuidava do gatil, uma mulher do tipo que tem a pele quebradiça e vermelha e inflamada, disse que o nome da cor era "café com muito leite", e essa descrição foi tão precisa que fez Benjamin dar risada. Nils vai até o carro, enfia a bagagem no porta-malas e o saco bem cheio de comida no banco de trás, então entra e se acomoda ao lado de Benjamin.

— Bom, pelo menos nós temos bastante comida — Benjamin diz.

Nils lança um olhar rápido para ele, como que para medir seu humor, e Benjamin sorri e Nils dá risada e passa a mão pelo cabelo.

— O negócio com o pierogi é que, se você come um, quer outro — ele comenta.

Benjamin ergue os olhos para a casa e vê a gata se aproximando da tigela de comida mais uma vez.

— Está tudo bem? — Nils pergunta.

— Está. Eu vi um cervo-vermelho.

— Um cervo-vermelho?

— É. Ele estava parado no meio da estrada e eu tive que pisar fundo no freio. O carro parou a apenas uns metros dele.

— Nossa.

— É, podia ter sido feio.

Silêncio entre os irmãos, um barulho fraco do ar-condicionado. Benjamin está com as duas mãos no volante, olha para o alto da copa das árvores e vê um paredão de nuvens escuras aparecendo no céu limpo. Ele faz a manobra na entrada da casa de Nils para retornar, voltando devagar pelo caminho por onde veio.

— Se possível, dê meia-volta — a moça do GPS pede.

Mas já é tarde demais para isso. Agora não há mais como fugir, não dá para deter o que já foi posto em movimento. Ele lança um olhar para o irmão.

— Vamos lá e vamos fazer — ele diz.

— Vamos lá e vamos fazer — Nils responde.

E eles rodam pela manhã, passando pelas casas adormecidas, e, quando saem para as estradas abertas que cortam os campos, Benjamin descobre que estão indo direto para a tempestade. Ela está baixa no céu, como se a chuva tivesse feito as nuvens pesarem. O sol continua brilhando no carro, mas não há como discutir: a cidade está um caos. Benjamin olha para o relógio. Ele nunca teve nada para fazer a vida toda, mas de repente tudo está acontecendo de uma vez, tantas coisas têm que se encaixar neste dia e o tempo é tão curto. Bem do outro lado de uma elevação, Benjamin vê duas marcas de derrapagem no asfalto; ele diminui a marcha, orienta-se e exclama:

— Aqui está!

Nils, cujos olhos estavam no telefone, olha para cima. Benjamin dá ré até as marcas de derrapagem estarem na frente deles.

— Foi aqui que eu brequei! Para o cervo.

— Ah, merda. — Nils se inclina para a frente para ver melhor. — Você teve mesmo que brecar com força.

Benjamin olha para as linhas pretas paralelas na estrada. Olha para a floresta. Leva a mão até o nariz, cheira a ponta dos dedos: ainda tem um quê do cervo nelas. E então ele segue em frente.

— Aconteceu, sim — Benjamin balbucia.

— O que você disse? — Nils pergunta.

— Ah, nada.

Mas é alguma coisa. Porque, no instante em que o cervo-vermelho desapareceu dentro da floresta, Benjamin começou a pensar se aquilo realmente tinha acontecido ou se ele tinha imaginado a coisa toda. Ele não sabia, não podia dizer, e agorinha mesmo, quando se ouviu contando tudo para Nils, ele mesmo não acreditou muito em si, não achou que soasse verdadeiro. E, quando saíram da casa de Nils, ele estava convencido:

tinha inventado tudo. Parecia que a realidade queria mandar um sinal para ele por meio das marcas no asfalto. Aconteceu, sim. Ali no carro, com o irmão ao lado, o sol às costas e a tempestade ao longe, adiante, em um silêncio com o qual ele não precisa brigar, ele se sente livre da ansiedade pela primeira vez em muito tempo.

— Fico feliz por estarmos fazendo isso — Benjamin diz.

— Eu também.

Benjamin liga o rádio do carro; é uma música que ele reconhece, e ele batuca o ritmo no volante. Estão chegando perto da cidade grande, passando pelo alto dos viadutos de concreto, ainda completamente sozinhos, como se as estradas de cinco pistas tivessem sido construídas só para eles, para ter certeza de que eles teriam passagem livre nessa jornada importante e na cidade os donos de cafés estão abrindo as grades de segurança e removendo as trancas da área externa, e os irmãos param na frente da porta de Pierre e esperam um pouco. No fim, Nils precisa telefonar, e logo Pierre desce com uma mala pequena e um saco protetor de roupa, que joga no porta-malas.

— Essa aí vai fazer um monte de merda vazar — ele comenta enquanto olha para as nuvens quando entra no carro.

— Falou e disse — Nils responde. — É verdade.

— Obrigado — Pierre diz.

Benjamin dá risada.

Ele sai com o carro e manobra com cuidado entre os veículos estacionados em fila dupla. Pierre mexe no telefone, pede a Benjamin que o conecte ao sistema de som e coloca para tocar uma música que Benjamin reconhece imediatamente.

— Achei que fosse uma boa trilha sonora para a nossa viagem — Pierre diz com um sorriso. É Lou Reed, e Benjamin sorri quando pensa em tudo que eles estão para fazer, o peso enorme que encontrarão pela frente e como os irmãos entram em sintonia por meio da música, protegidos pela ironia.

Quando o refrão começa, eles enchem os pulmões de ar, e Pierre grita:

— Aumenta o som. — E baixa o vidro.

E os três cantam através de lábios sorridentes:

— *Oh, it's such a perfect day, I'm glad I spent it with you.*[*]

Pierre ergue as duas mãos e faz sinais de v. Nils é menos expansivo, claro, mas Benjamin dá uma olhada nele, vê que está cantando a plenos pulmões.

Ele olha para os irmãos e pensa que ama os dois.

Eles se dirigem para o sul por dentro da cidade, na direção do cemitério, três irmãos a caminho de pegar os restos mortais da mãe, e a música ecoa pelos alto-falantes vagabundos e pela manhã fatídica. O sinal fica vermelho de repente e Benjamin pisa com tudo nos freios.

— Ei! — Pierre grita. — Calma aí.

— Não precisamos de outro incidente — Nils declara.

Pierre ergue os olhos do telefone.

— O quê? Como assim, outro incidente?

— Benjamin quase atropelou um cervo-vermelho.

— Que merda — Pierre comenta.

— Foi por pouco — Benjamin garante.

Benjamin pensa no cervo, no momento notável que tiveram na estrada vicinal. O jeito como o cervo deu meia-volta e retornou à floresta, como se estivesse esperando por ele ali, querendo que ele o acompanhasse.

---

[*] Tradução livre: "Ah, que dia perfeito, fico feliz de ter dividido com você". (N. da T.)

— Vocês se lembram do filhote de alce quando a gente era pequeno? — Benjamin pergunta.

— O quê? — Nils pergunta.

— Aquela vez que o pai atropelou um alce — Benjamin explica. — E a gente saiu para procurar e encontrou o animal na floresta. E o pai bateu nele com uma chave de roda até morrer.

A música termina e o carro fica em silêncio. Pierre olha pela janela.

Nils se vira para Benjamin.

— O pai atropelou um alce? — pergunta.

— Como assim, você não lembra? O pai fez a gente ficar do lado da estrada e olhar para as estrelas, porque ele não queria que a gente visse. E depois ele chorou o caminho todo até em casa.

Nils baixa os olhos para o telefone, passando de uma janela à outra, examinando cardápios. Benjamin fica olhando para os dois, surpreso, primeiro para Nils, depois para Pierre, pelo retrovisor. Pierre limpa a garganta, desvia os olhos, olha para a estrada.

— Vocês não lembram?

Eles não respondem.

Um carro buzina atrás deles. O sinal está verde. Benjamin engata a primeira e eles partem; o mundo fica escuro, e ele aperta os olhos para enxergar a estrada. O céu se abre e um aguaceiro insano engole o carro, e pouco depois da chuva vem o vento. Benjamin enxerga os sinais na escuridão repentina, nas bandeiras que repuxam em seus mastros acima das fachadas de hotéis e em um pedestre que inclina o corpo contra a tempestade ao caminhar pela calçada. Este é o tipo de vento capaz de levar uma cidade inteira embora, uma tempestade que devia ter nome de gente.

| 19 |

O presente de aniversário

A mãe morava na rua mais movimentada do centro. Quatro faixas, uma rua importante que atravessava os arranha-céus, caminhões paravam no sinal na frente da janela da mãe e os freios a ar apitavam. Ônibus a diesel se enfileiravam na parada, a corrente de ar da entrada do metrô derrubava as latas de lixo. A escada rolante, sempre fora de serviço, com ciência da administração, de acordo com o recado vermelho preso à borracha preta. Milhares de chicletes no calçamento de concreto. Os táxis ilegais chegavam um após o outro, repetindo sugestões de destinos em sueco capenga. Os cafés da calçada todos enfileirados, seus toldos em constante turbulência, soprados pelo vento que o trânsito levantava. Benjamin esperou o sinal de pedestres abrir e ergueu os olhos para a janela da mãe no segundo andar. Ele enxergou os balões de hélio pretos no teto lá dentro, os fios pendurados no ar. Talvez um vislumbre dela na pia da cozinha; uma silhueta debruçada por cima da pia, talvez fosse ela. Parecia uma desconhecida, alguém que fingia morar ali, simulando afazeres na cozinha.

O pai detestava o centro e só ia até lá para fazer coisas que precisava, como comprar algo no mercado público, e sempre voltava aborrecido e de mau humor. O fato de a mãe ter se mudado para lá parecia um protesto contra ele, ou pelo menos uma disputa com a vida que ela tinha tido com ele. Apenas uma semana depois do enterro, a mãe tinha colocado o apartamento à venda e informado aos dois filhos mais novos que aquele poderia ser um bom momento para eles acharem outro lugar para morar. Ela queria se mudar o mais rápido possível, como que para demonstrar que sempre tinha sido prisioneira das escolhas do pai, e, agora que estava livre, poderia finalmente viver a vida que desejava. Os antigos móveis da família foram descartados ou colocados em um depósito; não caberiam no apartamento de um quarto dela. A biblioteca do pai se fora, toda aquela parede de livros convidativa no quarto dele, da qual ele tinha passado tanto tempo cuidando quando era vivo. Na primeira vez que Benjamin visitou o apartamento novo da mãe, andou pelo imóvel em silêncio. Ele não conseguia olhar para o que tinha sobrado no apartamento, só podia pensar em tudo que não tinha vindo do outro.

Benjamin apertou o botão do interfone, apesar de saber que a mãe ficava irritada por ele não ter memorizado o código da porta. Depois de um momento, fez-se um barulho de estalo e a porta destrancou. Ele entrou para a luz fria e se dirigiu ao elevador. Já fazia três anos que a mãe morava no apartamento e às vezes convidava Benjamin para uma refeição, o jantar cheio de tensão bem-educada, conversas baixinhas entre trechos de silêncio no meio do barulho dos talheres, e, quando chegava a hora do café, a mãe já tinha se voltado para dentro, pegado o jornal e um lápis. Ela fumava e fazia anotações nas margens da seção de turismo, balbuciando destinos em voz alta:

— Lanzarote, não. Tenerife, não. Sharm el-Sheikh... Marrocos... nunca fui. Pode ser divertido.

Então ela tomava uma decisão, partia apenas alguns dias depois, comprava uma passagem de avião para uma pessoa só, sempre sozinha, voltava em uma semana, e Benjamin até que tentava perguntar o que ela tinha feito naquelas viagens, mas a mãe respondia:

— Não faço a menor ideia.

Ela se estirava ao sol, dizia, e, se tivesse sorte, encontrava alguém legal com quem conversar, mas às vezes só ficava sozinha. Em uma delas ela voltou e disse a ele que não tinha conversado com ninguém durante toda a viagem. Benjamin ficava pensando que era uma vergonha admitir isso, um sinal de fracasso ou de solidão, mas a dignidade dela parecia intacta. Quase alegre, impulsionada pela percepção: fazia sete dias que ela não usava a boca para falar! Então ela se sentava ali com o jornal mais uma vez, bronzeada, procurando mais viagens para fazer. Benjamin sempre achava que era tão proposital e estranho o fato de ela nunca perguntar se ele queria acompanhá-la em alguma dessas viagens, mas ela parecia nem se incomodar: era ponto pacífico que ela sempre iria sozinha. Os breves encontros deles, cheios de silêncio. Cada vez que ele visitava a mãe, voltava para casa correndo para usar o banheiro, ficava sempre com o estômago revirado. Ele ficava sentado na privada um tempão, em silêncio, permitindo que as cãibras de estômago viessem.

Parecia que estavam sempre com a guarda levantada um contra o outro, menos quando bebiam. Talvez essa fosse a única ocasião, nas noites em que iam a um dos cafés na calçada ali na rua mesmo e tomavam uma cerveja juntos, só assim relaxavam na companhia um do outro. Pediam um petisco e bebiam até ficarem bêbados. Quando o restaurante fechava, eles atravessavam a rua a passos trôpegos e se sentavam no bar. Lá, bebiam ainda mais, com mais concentração. Eles se acomodavam em meio aos jovens, universitários atraídos pela cerveja barata e pela rédea frouxa quanto à idade permitida para beber. Música alta, os olhos úmidos da mãe, e a voz dela ficava mais rouca, ela ficava drástica e um pouco descuidada, soltando comentários racistas, ciente de que aquilo era uma diversão preguiçosa. E Benjamin seguia a deixa; ele também era capaz de fazer esse papel, eles tinham as conversas mais relaxadas no bar, trocando palavras espirituosas, porém vazias, e fofocas, e bebiam e bebiam até ficar com a pele grossa e parar de sentir a corrente de vento fria que vinha da porta. Em nenhum momento, nem mesmo quando estava bêbada, a mãe mencionava o seu pesar, e nunca perguntava a respeito do de Benjamin. À exceção de uma única vez, em uma noite, quando beberam particularmente muito e ele só chegou em casa às duas da manhã: Benjamin estava sentado na privada, esvaziando seu estômago ansioso, quando recebeu uma mensagem de texto da mãe.

"Não tenho certeza se eu quero continuar aqui", ela escreveu.

"Aqui onde?", Benjamin perguntou.

Ela não respondeu, e, depois, Benjamin ficou deitado na cama tentando entender, visualizando imagens do que aquilo poderia envolver.

Agora Benjamin tocou a campainha e ouviu o estalo de saltos no piso, que parou quando ela chegou ao capacho de boas-vindas e a porta abriu.

— Oi, querido — a mãe disse, e eles se abraçaram.

Ele sentiu o cheiro do aromatizador de ar da mãe, que ela tinha borrifado no apartamento inteiro para se livrar do cheiro de fumaça. O aroma de frutas tropicais e cigarro. As luzes estavam apagadas no apartamento, velas acesas por todos os lados. Ele pendurou o casaco e deu uma olhada lá dentro. Alguns outros convidados. Uma mulher no fim da meia-idade coberta de joias, brincos pesados que puxavam o lóbulo das orelhas na direção do chão, uma antiga colega de trabalho da mãe, até onde Benjamin sabia. E uma mulher de meia-calça, descalça, vestida de preto, a vizinha do terceiro andar, ela explicou. Em uma fileira no sofá estava sentado um grupo de pessoas que não tinham nenhuma semelhança física, mas que claramente eram do mesmo grupo. Benjamin se apresentou, e disseram a ele que faziam parte da turma de dança de salsa da mãe. Olharam para ele com interesse, sorrindo, interagindo com ele, e Benjamin tirou certo prazer daquilo, talvez porque eles soubessem quem ele era: a mãe tinha falado dele para aquelas pessoas. Benjamin se lembrou de que ela recebera um folheto pelo correio no último Natal a respeito de um grupo de salsa que estava à procura de novos integrantes. Ela havia ido dar uma olhada, mas Benjamin não sabia que ela tinha continuado a frequentar o grupo. A mãe se sentou no sofá e encheu o copo dos amigos da salsa. Benjamin avistou Pierre perto da janela e foi até ele.

— Não tem exatamente muita gente chegando — Pierre sussurrou.

— É uma festa aberta — Benjamin disse. — Não fazemos ideia de quantas pessoas já estiveram aqui.

— É verdade. E a mesa de presentes está praticamente envergando.

Benjamin olhou para os três presentes. Deu risada.

— Como foi com o nosso presente? — Benjamin perguntou.

— Tudo está nos trilhos... O Nils vai chegar com ela a qualquer segundo.

A mãe tinha feito canapés com salmão e queijo cremoso, estavam em uma travessa na mesa de jantar, além de torradas com salada de frutos do mar. Algumas garrafas de vinho frisante em uma bandeja com taças de champanhe. Benjamin examinou a sala. Só agora, com desconhecidos dentro dele, Benjamin foi capaz de enxergar o apartamento como alguém de fora. Os autores judeus na pequena estante de livros. Uma fotografia de um autor que venceu o Prêmio Nobel na parede. Uma tentativa de respeitabilidade acadêmica, algo que Benjamin reconhecia da infância. Os irmãos tinham recebido educação de classe alta, que, de algum modo, ocorreu abaixo da linha da pobreza. Educados como se fossem da nobreza, ensinados sempre a andar de cabeça erguida, sempre a fazer uma oração antes das refeições e a apertar a mão da mãe e do pai antes de sair da mesa. Mas não tinha havido dinheiro nenhum, ou: muito pouco do dinheiro tinha sido investido nas crianças. E a educação acadêmica deles fora bem meia-boca; começou com intenções grandiosas, mas nunca se completou. Eles nunca tiveram uma educação tão boa quanto a dos pais, e isso deu lugar a histórias engraçadas, anedotas recorrentes a respeito de como as crianças não compreendiam as maravilhas que as rodeavam. A preferida da mãe: a vez que ela tinha preparado *crudités*, uma entradinha francesa que consistia em legumes crus com molhos, e as crianças acharam que ela tinha feito "cruddy tea", algo como "chá nojento". Isso foi nos primeiros anos, quando eles eram bem pequenos, e quando a mãe e o pai ainda tinham energia e vigor. Quando o projeto que era a família deles ainda tinha ímpeto. Mas, depois, a maior parte disso desapareceu. As coisas pararam de funcionar. A frequência dos jantares deles com o tempo diminuiu, sem que ninguém reparasse, e, quando cessaram de vez, ninguém realmente pensou sobre o assunto. Todo fim de tarde, às seis horas, as crianças entravam na cozinha, faziam sanduíches para si e comiam em silêncio com leite com chocolate. A única coisa que sobreviveu foram os jantares de domingo, quando a mãe se esforçava na cozinha, adicionando molho de soja ao creme de leite até que ficasse da cor certa. Jantares com muito vinho, mas, na maior parte do tempo, a única diferença notável era que a mãe e o pai tinham ficado sérios e silenciosos, voltados para dentro. Às vezes, quando terminavam de comer, a mãe de repente urrava:

— Perdão! — ela berrava quando os irmãos colocavam o copo vazio em cima do prato e se levantavam da mesa de jantar. — Por acaso se sai da mesa sem agradecer ao cozinheiro? — E as crianças, confusas, tinham que ir até ela, uma após a outra, apertar a mão dela e fazer uma mesura, feito uma relíquia de um tempo de que todos mal se lembravam.

Uma mulher de meia-idade se desvencilhou do sofá e bateu duas taças de champanhe. Ela disse que, apesar de com certeza não poder falar em nome do grupo de salsa oficialmente, falava por todos eles ao dizer que, de verdade, apreciava a presença da mãe às quintas. Não era um grupo grande nem eram campeões mundiais de dança latina, mas apreciavam a companhia um do outro e, durante o último ano, tinham se tornado uma gangue bem coesa. Estavam tão felizes pela oportunidade de irem à casa da mãe comemorar o aniversário de cinquenta anos dela que tinham trazido um presentinho do grupo, ela disse ao remexer em busca da sacola que tinha colocado ao pé do sofá. Porque agora você é uma verdadeira *salserita*, ela disse, enfatizando cada vogal, e isto é de todos nós, incluindo Larsa e Yamel, que infelizmente não puderam estar aqui para comemorar conosco. A mulher entregou um pacote pequeno e os olhos da mãe brilharam quando ela disse: "Minha nossa", e rasgou o papel para revelar uma saia preta brilhante, que ela imediatamente levou até a cintura.

— Eu estou de olho em algo assim faz tempo — a mãe exclamou, fazendo uma piruetinha para mostrar a todos na sala.

— E você sabe o que isso quer dizer, não sabe? — a mulher perguntou. — Nós queremos ver uma dancinha, não é mesmo?

Imediatamente, todos começaram a falar ao mesmo tempo, entusiasmados, com protestos altos da mãe, gritinhos e incentivos vindos do sofá, e, depois de um momento, ela cedeu e desapareceu no quarto para se trocar. Entre murmúrios do sofá, Pierre se virou para a janela e começou a apalpar os bolsos em busca de cigarros. Benjamin olhou para o rosto dos amigos da dança, cheios de expectativa, aquela gente desconhecida que tinha se tornado tão próxima da mãe, e pensou que talvez estivesse enganado. Ele achava que a mãe tinha parado de viver, mas talvez só tivesse parado de viver com ele, com a família dela.

Gritos de comemoração quando a mãe apareceu com a saia nova, que tinha cintura baixa e fenda alta. Uma pequena faixa de pele entre a saia e a blusa justa, a faixa branca da barriga dela. Benjamin viu as marcas no abdome dela, as cicatrizes das cesáreas. Ele se lembrou de quando era pequeno, deitado no sofá ou na cama com a mãe, e ela lhe mostrava as marcas logo abaixo do umbigo.

— Esta aqui é o Nils — ela dizia, apontando para uma das cicatrizes. — E aqui está o Pierre. E esta pequenininha aqui é você.

Benjamin tocava com cuidado as pequenas marcas na barriga da mãe com a ponta do dedo, sentia a pele quente dela.

A mãe foi até o som na estante e trocou um CD por outro, com a sala em perfeito silêncio. A música começou, e Benjamin ficou com a impressão de que instrumentos demais eram tocados ao mesmo tempo, como uma teia de ritmos diferentes tentando se acomodar uns aos outros. A mãe foi até o tapete grande no meio da sala, parou à mesa de jantar, bebeu de uma taça de vinho e assumiu sua posição para começar: ambas as mãos acima da cabeça, como se estivesse ajustando um coque. Então ela executou os primeiros passos e os amigos dela soltaram gritinhos alegres do sofá. Ela incorporou a personagem, tornou-se outra pessoa. Ela levantou os joelhos, movendo-se para a frente e para trás, as mãos estendidas ao lado do corpo, então começou a rodopiar, a parte superior do corpo parada e a cintura se movendo como se estivesse em cima de um cavalo, um movimento que se intensificava à medida que ela girava, e Benjamin demorou um instante para reparar com a luz fraca, mas os olhos dela estavam fechados. No começo ele achou que a mãe estivesse dançando como se fosse para um grande público, que estava imaginando uma pista de dança banhada de holofotes de todas as direções, um mar negro de espectadores em volta dela, mas ele logo percebeu que era bem o contrário. Ela dançava como se não houvesse mais ninguém na sala, como quando ela era menina, no quarto de criança dela, na cama, fazendo aqueles movimentos para si mesma, em sua solidão absoluta, e esse era o motivo por que ela se sentia tão livre naquele momento, porque nada tinha acontecido até então. A mãe abriu os olhos, olhou para Benjamin, estendeu a mão na direção dele e o puxou para a pista de dança. Ele foi tomado pelo acanhamento, tentou resistir, mas a mãe estava determinada. Os joelhos dobrados, a meia-calça branca aparecendo por baixo da saia. Ela fechou os olhos, dançando sozinha mais uma vez, dentro de si, e Benjamin parou de acompanhar o ritmo com o corpo, parou bem na frente da mãe e observou enquanto ela se movia, como que em um sonho, e de repente a mãe ergueu os olhos para ele, agarrou sua mão e o puxou para um abraço. Fazia muitos anos que ele não ficava tão perto dela, desde que era criança. Sentir o abraço dela, sentir que havia um fio tênue entre eles que não tinha se rompido, uma saudade dela que nunca tinha arrefecido. Ele sentiu o cheiro dela, sentiu a respiração dela na orelha. Lá estava ele, ao lado da mãe mais uma vez. Não queria largar.

Com uma firmeza decisiva, a mãe o empurrou para longe e voltou a se recolher dentro de si. A música terminou e a sala toda aplaudiu, a mãe fazendo gestos para Benjamin como que em reconhecimento de sua contribuição também. Ela se sentou no sofá, exausta, feliz, e permitiu que alguém lhe entregasse uma taça.

Pierre mostrou a ele uma mensagem de texto, de Nils: "Aqui fora". Benjamin e Pierre saíram. Lá estava ele, à porta, com seu casaco acolchoado enorme e uma gatinha no colo.

— Você trouxe o laço? — Nils perguntou.

Pierre tirou uma fita de seda cor-de-rosa do bolso de trás, e a gatinha se irritou, ficou com as patas rígidas e mostrou as garras, enquanto Pierre a amarrava como se fosse um pacote. Os irmãos tinham se reunido na semana anterior em um gatil de gatos resgatados nos arredores da cidade e passaram de gaiola em gaiola até se apaixonarem por aquele animalzinho com pelo cor de creme. Quando Benjamin viu a gatinha no colo de Nils ali no corredor, parecia menor do que ele se lembrava, tão pequena que não podia ser de verdade, porque com certeza gatos minúsculos não existiam. Pierre amarrou o laço.

— Espere aqui, vou dizer algumas palavras — Pierre avisou a Nils.

Benjamin e Pierre entraram e pararam à entrada da sala. Pierre limpou a garganta e, como ninguém o escutou, tentou mais uma vez, mais alto, tossindo forte e limpando as narinas. A conversa no sofá parou e todos os olhos se voltaram a Pierre.

— O que a gente dá para a mulher que tem tudo? — ele exclamou. — Os meus irmãos e eu temos pensado muito nessa questão, para chegarmos a este dia. Afinal de contas, nós sabemos que ela não quer mais *coisa* nenhuma!

Alguém no sofá deu uma risadinha. As costas da mãe estavam bem retas; ela estava em estado de alerta.

— Então a gente pensou: Esquece. Não vamos dar coisa nenhuma para ela. Vamos dar algo que tenha valor verdadeiro.

Ele então chamou Nils, que saiu do corredor escuro e entrou na sala com a gatinha nos braços. Um murmúrio veio do sofá, mas a mãe não entendeu, não sabia para o que estava olhando. Nils foi até a mãe e entregou o animal a ela, colocando a bichana com cuidado no seu colo.

— É fofo demais! — um dos convidados disse.

A mãe olhou para a gatinha. Ela deu risada, então soltou um som estridente.

— Vocês são todos loucos! — exclamou. — Isto é pra mim?

Os irmãos assentiram.

— Primeiro a gente queria dar um cachorro para você — Pierre contou. — Mas daí a gente achou que um gato podia ser mais fácil na cidade. E daí encontramos esta gatinha, e a gente sentiu que... — Ele foi até a gata e colocou o dedo no focinho dela. — A gente sentiu que ela era sua.

— Ai, meu Deus — a mãe balbuciou e deixou a mão pousar com cuidado na cabeça da gatinha. Colocou o animal em cima de sua barriga nua. — Ela é maravilhosa.

Parecia que tudo tinha ido bem. Esse não era sempre o caso. A mãe costumava se aborrecer quando fazia aniversário, não queria atenção. Não se sentia especialmente amada, ela dizia, e não queria que as pessoas fingissem uma vez por ano. A família tentava, com o pai sempre à frente dos esforços, mas sempre atrapalhado em suas tentativas de deixar a mãe feliz. Uma vez o pai deu à mãe um curso para parar de fumar, e ela se sentiu tão insultada que pôs fim às festividades e foi para a cama. Benjamin se lembra da vez que o pai o ajudou a comprar uma nécessaire para a mãe, e, quando ela abriu, imediatamente desconfiou de que não fora Benjamin, mas o pai que tinha pagado, e confrontou Benjamin. Mas dessa vez parecia ter dado certo. A mãe estava hipnotizada, com a cabeça inclinada na direção da gata, acariciando seu pelo com cuidado.

— E nós estávamos pensando... — Pierre fez uma pausa de efeito. — Estávamos pensando que o nome dela podia ser Molly.

Benjamin olhou feio para Pierre, que balançava a cabeça para cima e para baixo com satisfação, olhando para a mãe. Ele não teve nenhuma intenção com aquilo. Foi só um curto-circuito, Benjamin sabia disso, algo que ele simplesmente tinha dito no momento, porque achava que o presente havia sido um sucesso e que o sucesso poderia ser prolongado, que o buraco no peito dele poderia se preencher mais rápido com ainda mais do amor da mãe, que ele estava prestes a alcançar ainda mais fundo no coração dela.

Não foi sua intenção.

A mãe tirou os olhos da gata.

— O que foi que você disse? — ela perguntou.

— Como homenagem — Pierre esclareceu, agora com a voz marcada de incerteza.

— Isso nunca foi o combinado — Benjamin disse, ríspido. Ele se virou para Pierre, baixou a voz: — Do que você está falando?

— Querem saber de uma coisa? — A mãe olhou para os irmãos. Ela se deteve e começou a chorar, alguém do grupo de dança pousou a mão nas costas encurvadas dela. Quando ela voltou a erguer os olhos, Benjamin viu o pêndulo se mover, o pesar se transformando em raiva. — Podem ir embora.

A mãe se levantou, colocou a gatinha no sofá e se retirou da sala.

O silêncio era tão grande que Benjamin era capaz de escutar a mãe na cozinha, escutar os soluços dela, conseguiu até identificar o barulho do fósforo quando ela acendeu o cigarro. Ele ficou parado na frente da mobília com os olhos no chão. E daí simplesmente aconteceu. Ele não tomou uma decisão, simplesmente aconteceu. Rápido como um piscar de olhos, tudo ficou preto, igual a um filme quando o ladrão de diamantes tropeça e o alarme soa e grades de ferro descem para bloquear todas as entradas. Benjamin sentiu o coração bater mais rápido, os portões desceram, um por um, e, na escuridão, ele identificou um sentimento em relação à mãe que nunca tinha deixado vir à tona. Ira. Só foi necessária uma pequena fagulha, uma fagulha para botar fogo em tudo.

Ele foi até a cozinha e ficou parado à porta.

A mãe estava em uma cadeira à mesa da cozinha. Havia rastros pretos embaixo dos olhos dela, maquiagem borrada.

— Você não consegue esquecer a Molly, mas esqueceu a gente há muito tempo.

Ela olhou para Benjamin, confusa. Ele nunca tinha erguido a voz para ela. Ele sentiu lágrimas queimarem seus olhos, xingou a si mesmo, não queria começar a se desmanchar. Ele não queria estar triste, queria estar bravo.

— Nós estamos aqui! — ele berrou. — Eu e o Nils e o Pierre. Nós estamos aqui.

A mãe não disse nada. Então vieram um soluço alto e as lágrimas, apesar de tudo. Ele enterrou o rosto nas mãos e se dirigiu à porta. Atravessou o silêncio da sala e foi embora.

Na rua, ele se viu parado na entrada do prédio. Por um momento pensou que ficaria ali esperando os irmãos, que eles provavelmente desceriam logo. Esperou alguns minutos, então foi embora, caminhando pelos cafés na calçada e atravessando na faixa de pedestres. Do outro lado da rua, ergueu os olhos para o apartamento da mãe, mas não viu ninguém nas janelas, só os balões de hélio no teto feito olhos tristes observando a sala em desespero. Olhou para a entrada. Cadê os meus irmãos, pensou.

Continuou caminhando ao lado do trânsito insano, sacos plásticos se juntando na beira da calçada, lixo a caminho do norte; até o lixo queria sair dali. Ele caminhou na direção da entrada do metrô. Virou para trás mais uma vez, olhando para o prédio.

Cadê os meus irmãos?

| **20** |

4 horas

O quarto está se fechando por cima dele.

Ele fecha os olhos e talvez tenha dormido, acha que sim, porque, quando volta a abrir, o quarto está mais claro. Ele olha para a janela, consegue enxergar uma nesga de sol no alto do prédio do outro lado da rua. Um cantinho amarelo no concreto cinza. Ele viu mais amanheceres do que pores do sol na vida. Todas as manhãs de verão bem cedo que passou deitado na cama observando a aurora se arrastar para fora da escuridão em sua janela como um pesadelo, primeiro cinzenta e depois leitosa, então os primeiros raios de sol apareciam no topo das árvores. Ele se aproximava da janela para observar, maravilhado, porque no começo era uma coisa estranha de ver, uma experiência invertida: o sol estava no lugar errado, brilhando da direção errada e em ângulos estranhos. Mas hoje o nascer do sol está associado a tantas outras coisas: faz catorze dias que a mãe morreu e ele ainda não conseguiu dormir durante o amanhecer. Quando a terapeu-

ta perguntou a Benjamin como ele se sentiu depois da morte da mãe, ele respondeu que não sentiu nada, mas talvez não fosse verdade, talvez ele tivesse sentido tantas coisas que era impossível distinguir uma emoção única. Ele teve que contar a ela a história toda, e ela disse a ele que o cérebro é um órgão notável. Faz coisas de que não temos consciência. Às vezes, quando passamos por um trauma, modificamos as lembranças. Benjamin perguntou por que, e a terapeuta respondeu:
— Para que possamos suportar.
Ela disse:
— Force a si mesmo a pensar na sua mãe.
E ele retrucou com uma pergunta:
— Sobre o que eu devo pensar?
— Qualquer coisa — a terapeuta respondeu.
A primeira lembrança que ele tem da mãe. Ele tem três anos. A mãe e o pai estão na cama certa manhã e chamam:
— Venha aqui nos dar um beijo!
Ele sobe na cama e se enrosca nos lençóis ao avançar. Dá um beijo no pai, mal consegue alcançar seus lábios com toda aquela barba. Ele beija a mãe. Então limpa os lábios, um gesto rápido. Ele é confrontado. A mãe e o pai viram o que ele fez.
A mãe o ergue para ela e diz:
— Você acha nojento beijar a gente?
A última lembrança que ele tem da mãe. A careta dela ao morrer no hospital. A expressão que se fixou no rosto dela, aquele sorriso torto de lobo. Ele carrega a lembrança consigo desde a morte da mãe, e, cada vez que a cena lhe vem à cabeça, ele é lançado de volta à infância, porque aquilo o lembra de algo que viu uma vez. Ele costumava lamber a ponta dos dedos quando a pele ali ficava seca. A mãe lhe dizia para parar e começava a imitá-lo

porque ele não conseguia abandonar o hábito. Cada vez que ele lambia os dedos, ela corria e enfiava a mão na boca e arreganhava os dentes. Benjamin examinava os olhos dela em busca de um toque de molecagem, algo para sugerir que ela estava pegando no pé dele com amor, mas nunca encontrou nada.

Catorze dias desde que ela morreu. Os médicos disseram que a morte tinha vindo rápido, mas não era verdade. Demorou duas semanas para ela morrer, de quando sentiu as primeiras dores no estômago até tudo terminar. Mas ele supôs que ela tivesse recebido a sentença de morte um ano antes, quando descobriram o tumor, aquele que ela informou aos filhos em uma mensagem de texto curta e depois se recusou a conversar sobre o assunto. Ela nunca queria companhia no hospital e, quando perguntavam do tratamento, só dizia que estava indo bem. Ela fingia que não estava doente, e, alguns meses depois, quando informou a eles que tinha recebido alta, Benjamin não acreditou nela, porque dava para ver que algo ainda estava errado. Ela perdeu peso. De maneira imperceptível, contínua, enganosa, perdeu quilo após quilo, até que um dia Benjamin descobriu que ela era outra pessoa. A clavícula dela estava pontuda e angulosa, e os espaços vazios embaixo do osso formavam poços escuros. Toda a pele extra que se dobrava em volta dela. Ela ficou tão frágil e magra, suscetível a uma brisa, que Benjamin tinha que segurar suas mãos retorcidas quando saíam para uma caminhada. Uma vez ela mencionou que tinha ido ao médico para falar sobre o peso. Com a voz animada, disse a ele que agora pesava quarenta quilos.

— Dá para acreditar? — ela disse. — Esse é o peso de um leitãozinho!

A mãe recebeu alguns frascos para levar para casa, suplementos nutricionais em pó, e todos permaneceram intocados na pia durante alguns meses antes de serem jogados fora.

A dor de estômago veio de repente. Ela estava em uma loja de móveis e a dor simplesmente explodiu. Foi tão terrível, e ela não sabia o que podia ser. Ela disse aos filhos que tinha apertado o polegar na cintura e se deitado com a barriga por cima do braço de um dos sofás do mostruário, executando os truques estranhos que tinha aprendido quando era criança. A dor desapareceu, mas logo voltou, e só fez piorar. Ela parou de sair, não conseguia dormir à noite, só ficava deitada, acordada em agonia, e não existiam analgésicos que ajudassem. Tentar dormir tomou conta da vida dela. Ela desligava o telefone porque queria dormir. Ficou mais difícil falar com ela, o telefone desligado, as mensagens de texto breves no meio da noite que pareciam cada vez mais confusas. Quando Benjamin perguntava como ela estava se sentindo, ela sempre respondia: "Tarzan". Então o contato cessou por inteiro. O telefone da mãe estava sempre desligado, e não havia sinais de vida. Depois de três dias de silêncio, Benjamin foi até a casa dela, apesar de saber que ela detestava visitas sem aviso. Ele tocou a campainha algumas vezes até que ela finalmente abriu, com o cabelo todo arrepiado. As janelas estavam abertas, apesar de estar fazendo frio. O cheiro era de detergente e vômito.

— Está passando mal? — ele perguntou.

— Estou. Não sei por que estou vomitando tanto — ela respondeu.

Ela afundou na poltrona, pegou um cigarro, mas imediatamente devolveu ao maço. Ela se encolheu para a frente, com os cotovelos nos joelhos. O roupão dela revelou pernas magricelas, a pele pendurada nas laterais dos ossos das coxas.

— Será que não é melhor ir para o hospital para poderem dar uma olhada em você? — ele perguntou.

— Não, não. Está tudo bem. Eu só preciso dormir um pouco.

Ele se lembra de como ela parecia pequena na cadeira grande. A mãe se inclinou para a frente e cuspiu, tímida, no chão. Esse foi um sinal revelador para ele: você só faz isso quando está passando muito mal mesmo. Ela também não reclamou quando ele falou que os dois precisavam ir para o pronto-socorro imediatamente, só ficou na cadeira enquanto ele fazia uma mala para ela, e então saíram. Ela estava falante naquela primeira tarde. Reclamou da dor em um tom que parecia incomodado. Cada vez que a enfermeira entrava no quarto, ela perguntava:

— Você sabe por que eu estou com tanta dor?

Respostas balbuciadas; disseram a ela que perguntasse ao médico, que chegaria logo. Benjamin viu tudo, lembra cada detalhe. Ele se lembra do quarto em que a mãe estava. Na mesa ao lado dela estava sua dentadura, um copo de suco de maçã, os jornais vespertinos e um prato de lasanha que ela não tinha tocado. Ficou lá deitada com uma sonda na veia e algo que parecia um dedal no indicador; media os níveis de oxigênio dela. Em intervalos regulares, uma enfermeira aparecia para checar os sinais vitais e fazer uma ou duas anotações. Ele não ousava perguntar se estava tudo bem.

Ele foi para casa e voltou na manhã seguinte. Foi a última vez que se viram. Pierre e Nils já estavam lá. Tinham dado a ela morfina para a dor, e ele se sentou na beirada da cama e olhou para a confusão dela. Ela contou que tinha tido sonhos muito estranhos. Ela estava em um avião que voava por cima de uma cidade, perto demais dos telhados, e tentava avisar aos comissários de bordo que estavam perto demais, que era perigoso, mas ninguém escutava.

Era o aniversário de Pierre, e fizeram piada sobre isso.

— Vocês vão me dar os presentes agora ou querem esperar? — ele perguntou.

O olhar confuso da mãe ali na cama. Ela não sabia que era o aniversário dele. Mas a confusão dela era maior que isso, como se ela não conseguisse exatamente absorver o conceito de aniversário. Ela abriu a boca e então fechou, pensativa.

— Estou brincando, mãe.

Nils tinha trazido as edições matutinas e leu as notícias em voz alta para ela, mas, depois de um tempo, ela quis que ele parasse. Ela bebeu um pouco de suco, fez uma careta, berrou de dor e pressionou o estômago. Então começou a olhar para a parede com o rosto estranhamente deformado. Os irmãos tentaram falar com ela, mas ela não proferiu nenhuma palavra, só ficou olhando teimosa para a parede. Ela se encontrou com a morte em silêncio. Não respondia a perguntas; quando se apertava a mão dela, ela não retribuía. Os irmãos observavam em silêncio. E de repente, sem aviso, o coração dela parou de bater e ela se foi.

— O horário é dezesseis horas e vinte e cinco minutos — Nils informou, e isso era tão típico dele, ser o filho enlutado e aquele que mantém a ordem ao mesmo tempo.

Ele precisa dormir.

Ele não consegue encarar este dia sem dormir um pouco. Ele não vai chegar até o fim. Ele sabe o que precisa fazer. Tem que conversar com os irmãos sobre coisas que não mencionam há vinte anos. Ele vira o travesseiro e se deita do outro lado. Avista a fotografia no porta-retrato dos três irmãos na mesinha de cabeceira. Foi tirada à beira d'água no lago da casinha. Benjamin, Pierre e Nils, sol no cabelo, de cueca e botas, corpinhos bronzeados de menino. Cores fortes, coletes salva-vidas laranja contra um céu cinza cor de chumbo. Estão saindo para lançar a rede. Benjamin está no meio, abraçando os irmãos, um braço ao redor de cada pescoço. O corpo deles está relaxado, livre. Estão dando risada de algo inesperado. Não é que estejam sorrindo para a fotografia, é alguma outra coisa, como se o pai tivesse dito algo engraçado de verdade logo antes de apertar o botão do obturador, para pegá-los de surpresa. Estão gargalhando tanto que mal conseguem respirar. Estão se abraçando. São luminosos, os irmãos.

O que aconteceu com eles?

Logo depois de a mãe morrer, ficaram juntos no quarto de hospital e, no entanto, estavam sozinhos. Eles não se abraçaram nenhuma vez naquela tarde. Nils pegou uma câmera e começou a tirar fotos da mãe. Pierre saiu para a sacadinha do outro lado do corredor e fumou um cigarro. Benjamin ficou parado onde estava, no meio do quarto. Depois foi embora sem se despedir. Eles não conseguiam se ajudar. Tinha sido assim desde que ele era capaz de se lembrar, desde que tinha se tornado adulto. Nenhum deles na verdade sabe o que fazer, não sabem nem como olhar nos olhos um dos outros: as conversas deles se dão com os olhos baixos para a toalha da mesa, espasmos rápidos de comunicação. Às vezes ele pensa sobre tudo que aconteceu com eles, como se apertavam uns contra os outros quando eram pequenos, e como tudo agora é estranho: eles se tratam como desconhecidos. Não é só ele, ele acha, são os três. Ele viu Nils pegar a gata no colo ao vir cumprimentá-los, usando-a feito um escudo, uma desculpa para não dar um abraço neles. Uma manhã bem cedo ele de repente viu Pierre caminhando na direção dele no centro. Pierre não tinha avistado Benjamin porque estava com os olhos pregados no telefone, como sempre, cego para o mundo, vivendo a vida banhado na luz clara vinda de baixo, e Benjamin não disse nada, não fez nada, passou andando reto por ele sem anunciar sua presença. A jaqueta de ambos roçou quando se cruzaram. Ele se virou e olhou para Pierre, que se afastava, viu a silhueta do irmão ficando cada vez menor e mais difusa, com uma angústia crescente que beirava o pânico. O que aconteceu com a gente?

O que eles estão prestes a fazer parece impensável. Essa jornada de volta à casinha de que ninguém mais fala. O modo dele e de Pierre de lidar com a infância é fazer piada sobre ela. Ele manda uma mensagem de texto para o irmão para avisar que vai se atrasar e Pierre responde: "Eu pago o táxi", imitando o hábito recorrente e hilário do pai de tentar reunir os filhos quando se sentia solitário e queria companhia. Pierre manda uma mensagem para dizer que quer mudar a hora em que vão se encontrar e Benjamin responde: "Querem saber, vamos esquecer este projeto todo", uma referência sarcástica à volatilidade da mãe. Mas ele nunca fez piada com Nils assim. Do lado de fora da janela, o sol se ergue lentamente, o ponto amarelo no concreto se expandiu; agora cobre quase a fachada inteira, queimando sobre fileiras de persianas que protegem os quartos de dormir do outro lado da rua. Uma janela está aberta no apartamento, mas ele não escuta nada saindo dela. A cidade está adormecida. Ele se levanta da cama, prepara uma xícara de café na cozinha. Vai até a sacadinha. Uma mesinha e uma cadeirinha e um cinzeiro cheio de bitucas de cigarro. Pendurado por cima da grade há um vaso com tulipas esquecidas que estão recurvadas e amareladas na terra seca. É cedo, mas já está quente lá fora. Céu limpo, mas ao leste ele enxerga um canto do mar, e, acima dele, o céu está escuro de nuvens. Está perto, como antes de uma grande tempestade. Ele olha para o relógio. O posto de gasolina onde ele vai pegar o carro alugado vai abrir logo. Então ele sai. Fecha a porta do apartamento pela última vez, tranca. E logo está acomodado no carro alugado. Ele sai da área central passando pelas ruas vazias, rodando no alto, acima da cidade, pelas rodovias elevadas de concreto, o único carro nas cinco pistas.

| **21** |

A estrada de cascalho

Alguns dias tinham se passado desde a morte da mãe. Ele havia ficado em casa o tempo todo, mas agora estava saindo pela primeira vez. Caminhou pelo maior parque da cidade, aquele que levava até o píer. Observou a copa das árvores acima da cabeça. Ele sabia que era o começo de junho e que as folhas tinham um tom verde-escuro, mas fazia muitos anos que os olhos dele não conseguiam discernir uma coisa assim. Depois do acidente na subestação, ele fora levado para o hospital. Tinha queimaduras nos braços e na nuca e por todas as costas; os médicos que fizeram os curativos não sabiam dizer o que era a roupa e o que era a pele dele. Depois de alguns dias no hospital, antes de ele receber alta, o pai perguntou ao médico se Benjamin ficaria com alguma sequela. Impossível dizer, o médico respondeu. Ele poderia muito bem ter problemas pelo resto da vida. Danos aos nervos que poderiam demorar vários anos a aparecer. Os músculos dele poderiam se atrofiar lentamente; havia risco de arritmia cardíaca, danos cerebrais, insuficiência renal.

 Nada disso aconteceu. Mas o médico não mencionou nada em relação à visão. Ele não avisou a Benjamin que ele poderia enxergar as cores de um jeito diferente depois da explosão. Havia algumas coisas que ele não conseguia mais enxergar. Ele não enxergava o azul. Ele podia se debruçar em cima de um arbusto, ficar de quatro, e, mesmo que alguém do lado dele afirmasse que estava cheio de mirtilos, ele não era capaz de enxergar nenhum. Outras cores agora eram mais fortes: algumas horas antes de o sol se pôr na primavera e no verão, ele enxergava um arco de luz se erguendo acima do horizonte, o céu todo assumindo um tom de rosa-escuro. Era tão lindo, pena que não era real. Quando era mais novo, ele às vezes impressionava um garoto ou outro ao olhar diretamente para o sol sem nem mesmo piscar. Os colegas se reuniam ao redor dele, berrando, chamando outros para vir ver. Cores de sinal de trânsito o faziam se sentir calmo, e ele gostava de ficar perto deles. Ele se demorava nas proximidades de cones de tráfego vermelhos em trechos de obras na rua. Às vezes entrava em lojas de artigos esportivos, ia até a seção de pesca e pousava os olhos nas iscas, amarelas e vermelhas, brilhando feito néon. Mas ele se lembra das árvores de sua juventude, as semanas passadas na casinha no início de junho, as folhas explodindo de energia verde. Durante muito tempo ele sentiu falta de poder enxergá-las. Depois, parou de se incomodar.

 Ele caminhou até a água. Os velhos barcos de pesca que tinham sido reformados para se transformar em residências para os excêntricos. Continuou avançando pela beira d'água, passando pelas balsas brancas de passageiros atracadas ao longo do cais. Os restaurantes anunciando "peixe fresco" e esperando atrair os turistas que não faziam ideia de que nada crescia naquela água, nenhum peixe vivia ali, porque o mar estava morto. As pessoas em volta dele estavam vestidas para o verão, mas o ar tinha uma friagem de abril, golas molengas viradas para cima, pelos arrepiados nos braços nus. Ele tinha caminhado muito por ali recentemente. Atravessava o parque até o píer e depois voltava. Ele estava fazendo caminhadas com mais frequência; às vezes duravam horas. No inverno, ele podia estar com tanto frio quando voltava que ficava com a pele insensível; tentava abrir a porta, mas não conseguia, e ficava lá parado, fascinado, olhando para a mão, para o modo como não conseguia segurar a chave, virá-la na fechadura. Ele caminhava pela cidade sem destino em mente, através de cemitérios e descendo a estações de metrô, embarcando até a próxima estação e andando pelo restante do caminho. Tinha resolvido deixar o acidente para trás, mas não funcionou como ele esperava que funcionasse. Os pensamentos dele continuavam a se mover naquela direção de qualquer jeito. Cada vez que ele escutava um barulho alto, via uma luz forte, qualquer tipo de distúrbio para o qual não estivesse preparado, lá estava ele mais uma vez, na sala do transformador. Ainda acontecia várias vezes por dia. Visões repentinas inesperadas o lançavam diretamente de volta para lá. Ou calor, quando ele abria o forno e se abaixava para ver se a comida estava pronta e a onda de ar quente o acometia. Ele de repente começava a soluçar. Barulhos repentinos. Não apenas coisas óbvias, como quando adolescentes brincavam com bombinhas no metrô. Uma cadeira raspando no chão quando alguém se levantava em um restaurante vazio. O som de facas e garfos sendo guardados com brutalidade em uma gaveta de talheres. Ele não conseguia ficar no banheiro quando alguém estava enchendo a banheira. O barulho do centro era o pior de todos, principalmente quando chovia, porque de algum modo a batucada da chuva ampliava o ruído, até mesmo carros que se moviam bem devagar pareciam passar rugindo e aquele som permanecia dentro dele, como um círculo vicioso ressoante e infinito. A única coisa pior do que barulhos repentinos era o silêncio repentino, porque então a percepção conhecida retornava; a percepção de que, se o som desparece, então o mundo também desaparece, e, quanto mais silencioso ficava, maior a sensação de que ele tinha perdido o contato com a realidade. Fazia muito tempo que ele sonhava encontrar o silêncio perfeito, que tivesse sons distantes. Deitado no quarto e escutando um rádio que estava ligado na cozinha. Sentado em um restaurante vazio com obras na rua lá fora, observando os homens trabalharem, o som abafado pelas vidraças grandes. No passado ele gastava muito tempo pensando no assunto, mas agora tinha parado de fazer isso também. Ele tinha lentamente parado de se incomodar com o próprio desconforto. Ele se lembra da primeira vez que aquela sensação tomou conta dele. Estava na cozinha e de repente sentiu cheiro de fogo, e começou a procurar a fonte no apartamento. Passou pela sala, seguindo o cheiro de eletricidade queimada, avistou o painel elétrico no corredor e reparou na fumaça branca saindo pelas aberturas. Ele abriu a caixa e descobriu que estava queimando por dentro. Um fogo bem pequeno, uma chama cautelosa na superfície atrás dos fusíveis. Ele correu até a cozinha e encheu um balde de água, voltou correndo e, bem quando estava para jogar a água no fogo, ele se lembrou de algo que tinha aprendido na escola, que água conduz eletricidade. E se lembrou de histórias de pessoas que derrubaram o secador de cabelo na banheira e fritaram. Talvez usar água fosse causar um desastre? Ele tentou soprar para apagar o fogo, mas isso só fez queimar mais forte; ficou lá parado com a água na mão, impotente... até que expirou, três segundos de calma completa, e derramou a água, cheio de certeza: não faz diferença.

Nada aconteceu: o fogo se apagou, os interruptores de segurança se desativaram um a um, feito pipoca. No dia seguinte, um eletricista veio para consertar a caixa, toda a eletricidade perigosa desapareceu, mas a partir daquele dia a sensação permaneceu dentro dele: não fazia diferença.

Não foi como se ele tivesse tomado uma decisão. Ele nem tinha formulado o pensamento na mente; nunca foi o caso. Talvez fosse igual a qualquer outro pensamento difícil: ele empurrou para longe, preferiu deixar o cérebro vazio a enchê-lo com coisas com as quais não sabia lidar. Ele tinha estado ali no píer muitas vezes, para passar um tempo olhando para a baía antes de tomar o caminho de casa mais uma vez. Não sabe o que fez aquela vez ser diferente das outras. Ele foi até a beira d'água e ficou lá parado por um momento. Olhou para a água e viu as algas cobrindo os enormes cabos de âncora feito membranas. Vinte centímetros de visibilidade e depois tudo ficava preto. Ele tirou a roupa, ajeitou em uma pilha, os olhos dos passantes se demoravam um pouquinho nele e depois seguiam em frente. Então, pulou dentro da água. Não houve um plano nem ajuste de detalhes. Ele simplesmente decidiu sair nadando em linha reta quanto fosse capaz, até que ficou drenado de energia. E deixou para trás o píer com seu trânsito de barcos em pequena escala, saiu nadando para o mar aberto. Não havia brisa e a água estava lisa feito um espelho, mas ondas vinham do mar, encorpadas, o oceano subia e descia em volta dele, e ele entrou no ritmo, era pequeno e insignificante nas águas que o lançavam de um lado para o outro, como se o mar ainda não tivesse decidido o que fazer com ele. A água foi ficando mais fria à medida que ele avançava, e suas braçadas foram ficando mais curtas. Mas ele era um bom nadador. Os pais o tinham mandado para um acampamento de natação durante um verão. Todo mundo se conhecia, ele não conhecia ninguém. Os outros garotos eram mais velhos que ele. Tinham que nadar em fila, ele era mais lento que todos os outros, então alguém se aproximava por trás dele e um apito soava da beira da piscina. "Sai da frente!" Arfando, ele se segurava na marcação amarela da raia, deixava alguém passar. Mais tarde, no chuveiro, o cheiro de cloro e os dedos enrugados dele e as pequenas poças de água no chão, brilhando à luz fluorescente, e os meninos mais velhos correndo de um lado para o outro e acertando uns aos outros com as toalhas e berrando; as vozes ecoavam das paredes azulejadas. Eles dormiam em um ginásio. Os outros tinham sacos de dormir e colchõezinhos, mas a mãe e o pai tinham esquecido de mandar os dele. O instrutor de natação lhe emprestou um cobertor, e desdobraram o colchão do salto em altura para ele. Os outros meninos começaram a chamá-lo de "o rei" porque ele ficava lá deitado cheio de majestade, acima de todos os outros. Ele chorava em silêncio pelos pais quando devia estar dormindo. Olhava para o teto, ficava contornando as travas de equilíbrio e as argolas e as barras nas paredes com os olhos. O último dia foi de teoria. O instrutor de natação reuniu as crianças molhadas, enfileirou-as à beira da piscina, soprava o apito no segundo em que as crianças se agitavam. Ele falou sobre o que fazer se você cair na água gelada. E se postou na frente de uma lousa, urrando tão alto que parecia um cachorro latindo:

— Orientem-se! Para onde estão indo? Orientem-se! Para onde estão indo? Orientem-se! Para onde estão indo?

Benjamin sabia para onde estava indo. Ele estava indo para o mar aberto e não importava o que acontecesse. Ele deixou as pequenas ilhas para trás, os sons da cidade tinham desaparecido; a única coisa que escutava era a própria respiração e as mãos batendo na superfície da água.

Um estrondo passou por cima do mundo, e, quando terminou, vieram alguns segundos de silêncio. Então aconteceu de novo, um ronco de fazer parar o coração, um trovão e uma sirene, tudo ao mesmo tempo, e o som o perfurou, ele conseguiu senti-lo na água, como se tivesse vindo do mar. E ele se virou para trás e viu a balsa de passageiros gigantesca passando por ele, a apenas quinze metros de distância. A buzina soou pela terceira vez, e o corpo todo de Benjamin paralisou por um segundo, o som atravessou carne e osso, e ele estava de volta à subestação, ouvindo a explosão vez após outra, sentiu Molly ter um espasmo em seus braços e segurou a cachorra bem firme, e o lugar ficou azul e ele sentiu a pressão nas costas, e ele achou que agora sabia, agora ele sabia qual era a sensação de ser explodido em pedacinhos. Então tudo ficou preto. E, quando ele acordou, estava com as costas ardendo.

Oriente-se! Para onde está indo?

Cadê os meus irmãos?

E ele se arrastou até Molly.

Quando a buzina da balsa soou pela quarta vez, Benjamin soltou um berro alto, ouviu as próprias arfadas e continuou nadando. Continuou nadando reto, o mar de repente mais bravo, uma brisa na cabeça fria dele. Então ele viu os dois, duas cabecinhas na água à sua frente. Ele soube quem eram imediatamente, reconheceria os irmãos a um quilômetro de distância. Nadou até ficar ao lado deles e viu Pierre concentrado, a cabeça não muito acima da superfície, olhando para a pequena boia mais adiante, agitando-se na água.

— Ali está a boia! — ele gritou para Nils. — Estamos quase na metade do caminho!

Os olhos de Pierre dispararam para os de Benjamin.

— Estou com medo — ele disse.

— Eu também — Benjamin respondeu.

Nils estava bem adiante, Benjamin enxergava a cabeça inclinada para trás para manter a água fora da boca.

— Nils — Benjamin chamou. Ele não reagiu, só continuou nadando com os olhos voltados para o céu. Benjamin alcançou o irmão mais velho; eles respiraram forte em cima do rosto um do outro. Pararam na água, os três meninos. O mar estava quieto, à espera.

— Os seus lábios estão azuis — Benjamin disse a Pierre.

— Os seus também — Pierre respondeu.

Eles sorriram. Ele olhou para Nils com seu sorriso suave. Os meninos se abraçaram, segurando-se na água, e se apertaram, aquecendo o rosto um do outro com a respiração. Olharam nos olhos um do outro e ele não estava mais com medo.

— Agora eu preciso ir — Benjamin disse. Nils assentiu.

Pierre não queria soltar. Benjamin colocou a mão na bochecha do irmão, sorriu para ele, então se separou dos irmãos e deu meia-volta, ficou de frente para o mar aberto, o frio em suas pernas mordaz e subindo para as coxas, sua exaustão; ele não estava sem fôlego, apenas exausto, sentia formigamento nos ombros e nos braços, e a água se aproximou mais, e as ondas, que antes tinham sido grandes, mas simpáticas, mudaram de caráter: o mar foi para cima dele com tanta força que ele ficou sem ar, e com essa inspiração o mar se derramou para dentro dele, encheu seu estômago e suas vias aéreas e seus pulmões, e, nos segundos antes de ele perder a consciência, deixou de sentir ansiedade também, porque sabia que, enfim, podia se desapegar da realidade a que se agarrava fazia tantos anos. Ele afundou para baixo da superfície, flácido e livre, e quando o coração dele parou não foi nem claro nem escuro, não havia um brilho no fim de túnel nenhum.

Havia uma estrada de cascalho.

| **22** |

2 horas

Ele diz aos irmãos que só vai usar o banheiro, que se encontra com eles amanhã. Pierre e Nils se inclinam para baixo por um momento no hall de entrada da mãe, amarrando os cadarços dos sapatos, então empilham as lembranças dela nos braços e saem cambaleando para o hall do elevador escuro. Benjamin observa enquanto eles se movem na direção do elevador, depois fecha a porta. Ele de fato usa o banheiro, não porque precisa, mas para mitigar a mentira. Ele vê os produtos de higiene pessoal da mãe no armarinho do banheiro com a porta escancarada. Creme para as mãos. Um pedaço de sabonete que se fundiu à porcelana. Uma escova de dente, muito usada, quase brutalizada. Vestígios de vômito na pia. Na beirada da banheira está o frasco de perfume Chanel, aquele que ela comprou anos antes e venerou tanto que nunca usou. Três lâmpadas em cima da pia, só uma funciona. Ele olha fixo para seu reflexo. Nunca se olha no espelho mais que o necessário, nunca olha nos próprios olhos, sempre se olha de soslaio, para o queixo ou o nariz, mas agora permite que seu olhar se demore. Vê sua boca proeminente, sua testa larga. Ele se lembra da vez que o pai disse, de brincadeira: "É fácil imaginar como seria a sua aparência se fosse uma caveira". Quando ele era pequeno, era fascinado pela própria aparência. Ficava parado na frente de espelhos, em algum tipo de transe. Uma vez, sozinho em casa quando era criança, parou na frente do espelho do corredor e ficou olhando para si mesmo por tanto tempo que no fim se convenceu de que estava olhando para outra pessoa. Ele não ficou com medo, voltou e tentou de novo várias vezes, mas aquele momento nunca retornou. Uma vez, na casinha, ele se sentou no chão da cozinha com as pernas estendidas no tapete e olhou para a parte de baixo do corpo e de repente sentiu como se não pertencesse a ele. Aquelas eram as pernas de outra pessoa, tudo abaixo da cintura dele era apenas carne morta que não pertencia a ele. Era tão real que ele não conseguia se mexer. Ele pegou um pedaço de lenha da cesta ao lado do fogão da cozinha e bateu nas próprias coxas e pés, para sentir algo, tomar de volta as partes do corpo que pertenciam a ele.

Ele se olha no espelho.

Tenta imaginar sua aparência se fosse uma caveira.

Ele vai para a sala e olha ao redor, para o apartamento, que está uma bagunça depois da busca dos três irmãos por lembranças da mãe para levar consigo. Álbuns de fotos abertos no chão, portas de armários escancaradas na cozinha, fotos tiradas das paredes. Parece que um bando de ladrões passou por ali. Ele vai até o quarto e vê a cama por fazer, os lençóis ainda embolados do último surto de insônia da mãe. Ele tira a roupa, faz uma pausa e então se deita na cama. Não quer ir para casa. Quer dormir ali, na cama da mãe. Um cinzeiro na mesinha de cabeceira, bitucas de cigarro no fundo, e por cima delas uma fileira de cigarros apagados, fumados pela metade. O cinzeiro parece um corte de cabelo moicano, uma memória das últimas semanas da mãe, quando ela não tinha mais forças nem para fumar.

Ele desdobra a carta da mãe. À luz fraca do abajur de cabeceira, lê mais uma vez. Escuta a voz da mãe, aquela que conhecia tão bem, aquela que ele era capaz de sentir no mais mínimo dos detalhes, perceber nuances de que nem ela mesma estava ciente. Ele lê e pausa, como sabe que a mãe teria feito. Ele absorve o texto com cuidado, devagar, como se nunca mais fosse ver a carta e precisasse memorizá-la. Então coloca a carta em cima do peito. Apaga a luz. Ele tem quatro anos, está em um quarto de que não se lembra, em uma cama que não reconhece. A mãe puxa para cima a blusa do pijama dele e faz coceguinhas em sua barriga, diz que é uma formiga e o dedo indicador e o médio passeiam por sua barriga, e Benjamin engasga de tanto rir, e a mãe diz que lá vem outra formiga, e agora as duas mãos estão percorrendo sua barriga, e Benjamin se contorce e se vira e dá chutes enlouquecidos, atinge a cabeça da mãe sem querer. Ela dá alguns passos para trás, com a mão na testa, balbuciando algo para si mesma. Benjamin se senta ereto na beirada da cama. Ele diz: "Desculpa, desculpa, mãe, foi sem querer". Ela diz: "Não é nada", ainda com a mão na cabeça. Ela vem na direção dele, vê que ele está chorando e o abraça, segura com força: "Tudo bem, querido. Eu estou bem".

Benjamin revira na cama. Finalmente está escuro lá fora, finalmente é noite no verão. Ele pega o telefone e liga para Pierre. Toca durante muito tempo antes de Pierre atender. Ele percebe imediatamente que Pierre está fora de si, com a voz grossa, gelatinosa.

— As coisas estão girando — o irmão dele diz.

Pierre acabou de ir para a cama, tomou alguns comprimidos de sonífero. Ele não conseguia dormir, viu a caixa e pensou que poderia ser uma boa.

— Quantos você tomou? — Benjamin pergunta.

— Um — ele se apressa em dizer e então completa, em tom incerto e um pouco dissimulado: — Talvez, talvez eu tenha tomado dois, na verdade.

Pierre pousa o telefone, a linha estala, e Benjamin escuta passos lentos pelo chão; Pierre pega alguma coisa e volta.

— Dois! — ele exclama. — Estou com a caixa aqui. Eu tomei dois, então resolvi fazer uma competição comigo mesmo, para ver quanto tempo eu consigo ficar acordado.

Ele começa a dar risada.

— Estava indo até que bem, mas agora... — Ele suspira, de repente desanimado. — Agora estou entrando em parafuso.

Benjamin escuta balbucios confusos pelo telefone, então para, e só escuta Pierre respirando.

— Alô — Benjamin chama. — Você ainda está aí?

— Que diabo de abajur é este? — Pierre pergunta. Ele fica quieto durante alguns segundos. — Como diabos se desliga isso?

Eles encerram a ligação e a tela do telefone emite sua luz pálida no quarto por um momento, então apaga e o quarto fica escuro. Ele tenta seguir o conselho da terapeuta para quando não consegue dormir. Pegue um pensamento, observe-o e então se livre dele. Pegue o próximo pensamento, observe-o e então se livre dele também. Mas é esse último passo que ele não consegue administrar, o primeiro pensamento vai de encontro ao segundo e ele cava mais fundo em suas associações, esquece o que estava fazendo e precisa começar tudo de novo. Volta a pegar o telefone, digita o número de Nils. Nils atende como sempre, com formalidade, dizendo o sobrenome.

— Acordei você? — Benjamin pergunta.

— Não — Nils responde. — Estou na cama. Já vou apagar a luz. — Benjamin escuta música clássica tocando baixinho no fundo.

— Eu li a carta da mãe de novo — Benjamin conta.

— É — Nils diz baixinho. — Que confusão...

— Como assim?

— Ela não ter conseguido dizer tudo aquilo quando estava viva.

— É, eu sei.

Nils parece tão calmo. Tão absolutamente ancorado no que acabou de acontecer. Benjamin sempre teve a noção de que Nils saiu bem da infância porque nunca deixou que nada o afetasse. De vez em quando ele até se pergunta se Nils pode de fato ser feliz. Parece que é, de vez em quando, nas raras ocasiões em que se encontram. Mas, em momentos em que a guarda está baixa, quando o irmão está enchendo a xícara de café no balcão ou parado perto de uma janela e olhando para fora, Benjamin consegue enxergar o pesar brilhando nos olhos de Nils feito uma pequenina chama fosforescente.

— Posso fazer uma pergunta? — diz Benjamin.

— O quê?

— O dia em que você se formou no ensino médio, está lembrado?

— Estou.

— Na manhã seguinte, você foi embora para a América Central. Devia ter saído de manhã cedo. Está lembrado?

— Estou.

— Eu estava deitado na cama, escutando os sons do outro lado da minha porta, e ouvi você sair. Por que você não entrou para se despedir?

— Não deixaram.

— Não deixaram?

— A mãe e o pai disseram que você estava doente. Que a gente não devia incomodar.

Nenhum dos dois fala nada. A respiração dos irmãos, a música baixinha no fundo.

— A gente se vê amanhã, Benjamin.

— Já é amanhã.

— Vai ficar tudo bem.

— Vai, sim.

Tarde da noite se transforma em de manhã cedo.

Ele volta a ligar o abajur, senta-se ereto na cama da mãe, lê a carta dela mais uma vez. Uma única folha, coberta dos dois lados com a caligrafia inconfundível dela, indistinta ali e aqui, mas ainda assim claríssima, sem dúvida, um texto que tece uma teia entre décadas, unido tudo daqui à casinha, uma cartinha simples repleta de tudo que todos eles tinham na ponta da língua, mas nunca falaram em voz alta.

O quarto está se fechando por cima dele.

Ele fecha os olhos e talvez tenha dormido, acha que sim, porque, quando volta a abrir, o quarto está mais claro. Ele olha para a janela, consegue enxergar uma nesga de sol no alto do prédio do outro lado da rua. Um cantinho amarelo no concreto cinza.

| 23 |

A corrente

— Eu não sei como saí da água. Acho que estava inconsciente. A minha primeira lembrança depois é estar estirado no deque de uma lancha, ouvi vozes frenéticas ao meu redor, senti mãos nas minhas costas. E lembro de ter vomitado a água que estava nos meus pulmões em cima das mãos, e a água estava morna e eu achei a sensação gostosa.

Ele ficou olhando para o chão enquanto contava a história, mas agora finalmente ergueu os olhos e encontrou o olhar dela. A terapeuta fazia anotações em seu caderninho, escondia dele enquanto conversavam, mas de vez em quando ele via os rabiscos malucos de tinta que ela fazia, pequenos arabescos, frases inacabadas, uma palavra-chave ilegível aqui e ali.

— E acho que é isso — Benjamin disse. — Então eu vim parar aqui, com você.

Era a terceira consulta dele com ela. Duas horas por sessão, de acordo com a agenda organizada com cuidado. Ela havia sido muito clara. No passado, pessoas que tinham tentado o suicídio quase exclusivamente recebiam prescrição de medicamentos, ela disse. Tudo de acordo com o diagnóstico e o tratamento. Mas agora era sabido que a história do paciente era central: ela tinha chamado Benjamin de especialista, aquele que sabia mais a respeito da própria história, e ouvir isso o fizera se sentir quase ridículo de tão exultante, quase comovido, talvez porque ela não estivesse dizendo que ele estava doente, mas, na verdade, o contrário: as conclusões dele eram fundamentais. Ela na maior parte do tempo só escutava quando ele falava e às vezes fazia perguntas para dar continuidade, algumas delas sugerindo que ela havia falado com os irmãos dele, e ele não tinha nada contra isso: dera seu consentimento. Hora após hora do relato dele. Só isso. Na primeira vez que ele fora ao consultório, tinha ficado surpreso de ver que havia duas portas distintas. Uma era para entrar e a outra, para sair. Era brilhante, como um sistema de portões que minimizava o risco de cruzar com outros. Ainda assim, desde o início Benjamin sentiu que ficou sabendo mais sobre os outros pacientes do que gostaria de saber. Durante a primeira visita, ele precisou fazer xixi, e, através das paredes finas do banheiro de visitantes, dava para escutar as conversas; logo antes de dar a descarga, ouviu outra pessoa se desmanchar em lágrimas. O consultório era grande, um corredor longo, e os pesares se desenrolavam enfileirados atrás das portas. Benjamin tinha batido, meio incerto, na porta que a recepcionista indicou, e uma voz veio lá de dentro: "Pois não?" O tom era de surpresa, como se ela não estivesse esperando nenhum visitante. Então ele entrou. A terapeuta era uma mulher grande em uma salinha com duas poltronas fundas e uma mesa de trabalho. E eles se sentaram de frente um para o outro, e ele, o especialista em si mesmo, contou sua história e ela escutou, e as horas foram se somando, pintando um retrato da infância e adolescência dele, e agora ele tinha terminado.

— Certo — ela disse, sorrindo para Benjamin.

— Certo — Benjamin disse.

Ela se inclinou por cima do caderninho, fez mais uma anotação. Fazia catorze dias que a mãe tinha morrido. Doze dias desde que ele havia resolvido nadar no mar até não poder mais. Ele passou as primeiras vinte e quatro horas depois do resgate no hospital. No dia seguinte, perguntaram se ele tinha planos de fazer mal a si mesmo de novo, e, quando ele disse não, estava falando a verdade. Perguntaram se ele estava pronto para ser tratado na psiquiatria especializada, e ele disse que sim. Recebeu permissão para voltar para casa. Então vieram dias de que ele se lembra muito pouco. Ele ficou em casa e não saiu. Ele se lembra de receber visitas dos dois irmãos no apartamento. Ele se lembra de que Pierre trouxe um rocambole; ele não via um rocambole desde que era criança. Não se lembra muito do que conversaram, mas se lembra do doce. Foi só alguns dias depois, quando ele começou a terapia, que lentamente foi voltando a ser o que era. Três sessões se estenderam por uma semana. Aquelas conversas o ancoravam na realidade, davam chão a ele.

— Esta é a terceira e última vez que nós vamos nos encontrar — a terapeuta explicou. Ela olhou discretamente para o relógio de parede acima da cabeça dele. — Eu quero dedicar o resto do nosso tempo a retornar a um acontecimento específico na sua história... Espero que você esteja de acordo.

— Claro que sim — Benjamin respondeu.

— Eu queria conversar mais um pouco sobre o que aconteceu na subestação.

Algo vibrou no bolso da calça de Benjamin; ele pegou o telefone. Uma mensagem do grupo que Nils tinha criado na tarde em que a mãe morreu. Ele tinha dado ao grupo o nome de "Mãe", e Pierre logo renomeou como "Mamãe". Benjamin não entendeu bem por quê. Uma piada? Nunca teriam falado assim quando ela estava viva. Ele leu a mensagem bem rapidinho e colocou o telefone na mesa ao lado da poltrona.

— Você parece um pouco confuso — a terapeuta comentou.

— Não, não é nada — Benjamin respondeu. Ele bebeu um pouco da água que estava na mesa. — O Nils está dizendo que quer que toque "Piano Man" no enterro.

— "Piano Man"? — ela perguntou.

— É, aquela música.

Faltavam menos de vinte e quatro horas para o enterro. Nils, como se estivesse obcecado, estava fazendo planos até o último minuto. Ele escrevera na mensagem que era a música preferida da mãe, então seria adequado, e Benjamin de fato tinha a lembrança de ela tocar a música para as crianças quando eram pequenas; mandou todos ficarem quietos e escutar com atenção a letra e, quando terminou, ela disse: "Smack!", e fez um gesto levando as mãos aos lábios, como se estivesse pegando um beijo da boca e jogando para a sala. Para Benjamin, tanto fazia se fosse tocada no enterro ou não. Mas a preocupação de repente tomou conta dele, porque ele sabia o que aquela mensagem de texto anunciava, ele sabia que agora Pierre não deixaria Nils em paz. Mais uma vibração. Benjamin se inclinou para olhar.

"Haha", Pierre escreveu.

E os preparativos para a batalha estavam em curso, os três pontinhos se agitando no aplicativo de mensagens, pontos ávidos da malícia de Pierre e do ressentimento de Nils dançando na tela.

"Como assim?", Nils escreveu.

"Desculpa, achei que você estivesse brincando. Uma música sobre um artista bêbado tocando piano em um bar de hotel vulgar? No enterro da mãe? É sério?"

"A mãe adorava. Como pode ser errado?"

"A minha música preferida é 'Thunderstruck', do AC/DC. Você acha que eu quero que toque no meu enterro?"

Então, silêncio. Outra pequena injúria para ser adicionada a todo o resto, mais alguns fios delicados se rompendo entre os irmãos. Ele enfiou o telefone no bolso.

— O enterro já é amanhã? — a terapeuta perguntou.

— É — ele respondeu.

A mulher deu um sorriso gentil.

— Bom — ela disse, inclinando-se para a frente em sua poltrona. — Eu gostaria de conversar um pouco mais sobre a subestação.

— Tudo bem.

Ele não compreendia o raciocínio por trás disso. Tinha relatado tudo de que se lembrava sobre aquele dia. Ele contara a ela tudo de que se lembrava da infância, compartilhando coisas que vivera com os irmãos, mas sobre as quais nunca havia conversado com ninguém, nem mesmo com eles. Tinha contado a ela sobre os ramos de bétula e as margaridas, e tinha até compartilhado suas lembranças mais difíceis, coisas que o transformaram. O celeiro subterrâneo. O solstício de verão. A morte do pai. A ideia de que aquilo o ajudaria a entender a si mesmo, que ele iria se enxergar como a soma de sua narrativa. Mas agora essas histórias se estendiam diante dele e da terapeuta como bloquinhos de Lego, e Benjamin não fazia ideia de como juntá-los. Ele sabia que aquilo que tinha feito consigo mesmo dois dias depois da morte da mãe era resultado de todo o resto. Só que ele não conseguia entender como.

— E eu acho que nós vamos ter que dar um grande passo agora — a terapeuta continuou. — Um passo que pode ser difícil. Está de acordo?

— Tudo bem.

— Eu quero que você se imagine na subestação.

Ele se lembra da visão da pequena construção na clareira. Um caminho levava até ela, pouco batido, talvez nunca antes percorrido, talvez não houvesse caminho. O som de mosquitos e um passarinho próximo e, mais ao longe, um assobio vindo da construção, o murmúrio baixinho da eletricidade ao passar pelos cabos lá dentro, circulando e se dividindo pelas casinhas na floresta. A distância, a construção parecia quase idílica. Só uma cabaninha no bosque e, na frente dela, um jardim de força, postes em fileiras bem arranjadas com seus chapéus pretos brilhando ao sol da tarde. Mal havia uma brisa. Ele se lembra de caminhar sobre raízes que pareciam dedos antiquíssimos.

— Você está caminhando com os seus irmãos, se aproxima da subestação e abre o portão quebrado — a terapeuta diz. — Agora você está do outro lado da cerca. Entra na pequena construção. Consegue imaginar a cena?

— Consigo.

Ele se lembra da umidade preta nas paredes. O rugido da eletricidade correndo pelas linhas. Uma luz bruxuleante no teto, soltando um brilho fraco, ele se lembra de pensar que aquilo era estranho, que havia tanta eletricidade, mas a luz no teto não podia ser mais brilhante que aquilo? Os irmãos superexpostos ao sol do lado de fora, eles ficaram pálidos, escutou a voz deles, gritos distantes capturados pela brisa, Nils disse a ele para sair dali. Disse que era perigoso. Quando Benjamin se aproximou da parede de eletricidade, a voz deles foi ficando mais aguda, mas nada era capaz de alcançá-lo, os gritos deles não passavam de exclamações abafadas a distância, como ecos do outro lado do lago em noites calmas, quando ele e Pierre jogavam pedrinhas na água.

— Você está em pé dentro da construção — a terapeuta diz. — Está com a cachorra no colo e está bem perto dos cabos. O que você está pensando?

— Que eu sou invencível.

Ele se lembra de estar parado no centro da corrente de força enlouquecida... e ela não o tocou! A sensação de que poderia fazer o que bem entendesse, porque nada podia atingi-lo. Ele estava no olho de um furacão, tudo ao redor estava destruído, mas nem um fio de cabelo dele foi prejudicado. Era como se a corrente que percorria as paredes pertencesse a ele agora, ele tinha penetrado no âmago, era vitorioso, toda a força ali agora era dele.

— Você se vira para a porta — a terapeuta diz. — Olha para os seus irmãos. Está perto demais das linhas. Você não toca em nada. No entanto, a corrente atinge você.

Ele se lembra da explosão. Ele se lembra dos segundos que a precederam. Ele era capaz de guiar o barulho com o movimento dos braços. Ele ergueu a mão para a corrente e a corrente respondeu. Cada vez que ele estendia a mão na direção dos cabos, os gritos dos irmãos ficavam mais altos. Ele gostou de ver os dois assustados. Ele os provocou, observou-os ali com os dedos enfiados no alambrado. Então o lugar ficou azul, o calor nas costas dele, e a explosão branca, ele apagou e desapareceu.

— Você acordou no chão do lugar — a terapeuta diz. — Não sabe quanto tempo passou inconsciente. Mas acabou acordando. Consegue enxergar a cena?

— Consigo.

Ele se lembra da bochecha contra o piso áspero. Suas costas não estavam mais lá... O que mais estava faltando? Ele não teve coragem de olhar, porque não queria saber que outras partes dele tinham se perdido. Ele olhou através da porta, para a cerca. Cadê os meus irmãos? Eles viram a explosão, foram testemunhas do dilaceramento dele, viram o corpo dele queimar. No entanto, eles o abandonaram. Ele se lembra de acordar e de voltar a desmaiar. Olhou para fora, o sol tinha se movido na direção oposta, ficou mais cedo naquela tarde.

— Você retoma a consciência. Você acorda. E agora você descobre a cachorra. Ela não está longe, ali no chão. Você se arrasta até ela, senta no chão, você a pega no colo e a abraça. Está lembrado disso?

— Estou.

Ele se lembra da vergonha.

A dor não foi nada, ele não sentia mais nada, as costas dele não estavam mais lá, mas ele tinha perdido a capacidade de sentir qualquer coisa que não fosse vergonha. Ele abraçava a cachorra enquanto o sol subia e descia em velocidade acelerada lá fora, céus estrelados em vários formatos fazendo sinais para a pequena construção. Barulho vindo da floresta, alto e raspante, igual ao estrondo de quando uma estrutura grande cede e se espatifa, ventos suaves e enlouquecidos indo e vindo, ciprestes balançando e estabilizando, animais parando na frente da construção, espiando para dentro e seguindo em frente, e ali ele sempre tinha se sentido meio fora da realidade externa, como se estivesse se observando de algum outro lugar. Agora ele não estava apenas no centro de si mesmo, mas no centro do universo. Ele a abraçou com força, pressionou contra o peito; ela estava fria.

— Você está abraçado à cachorra — a terapeuta diz. — Você a abraça e olha para ela. Está enxergando a cachorra?

— Estou — Benjamin responde.

— O que você vê?

Ele se lembra de acariciá-la com delicadeza, com cuidado, como se ela estivesse dormindo. Ele se lembra de chorar por cima do rosto dela e de como parecia que as lágrimas eram dela.

— Não é uma cachorra que você vê, é? — a terapeuta diz. — Quando você a imagina na sua frente agora, não é uma menininha?

Mundos rolaram do lado de fora da pequena construção, ele olhou para a abertura por onde milênios se passaram, e para ela, a pequenina, aquela que tinha se apegado a ele desde o início, que estava sob sua proteção, não apenas naquele dia, mas todos os dias. Ele ficou lá sentado no chão, abraçado ao corpo sem vida dela, sentindo seu peso nos braços, e ele chorou porque tinha falhado na única coisa que tinha sido posto na Terra para fazer.

— Não é a sua irmãzinha nos seus braços?

| 24 |

Meia-noite

Um carro de polícia vai atravessando devagar a folhagem azulada, descendo pela trilha estreita que leva até a propriedade. Benjamin se lembra com clareza porque estava de joelhos no gramado e nada do que acontecera tinha sido absorvido, e aquele carro de polícia, aquelas luzes piscantes, eram como a se realidade estivesse exigindo entrar, algo do mundo externo que queria saber o que ele tinha feito.

Ele se lembra das duas policiais que saíram do carro. Ele se lembra de que a mãe se recusou a largar Molly quando quiseram examiná-la. Falaram com o pai, ele se lembra do som dos murmúrios à luz fraca do entardecer e o pai apontando com discrição para Benjamin, e todos vieram na direção dele, aproximando-se de várias direções. Ele se lembra de que as duas mulheres foram gentis, que colocaram um cobertor em cima dele na friagem da noite de verão, fizeram perguntas e foram pacientes quando ele não soube responder. Ele se lembra de que outro carro de polícia chegou um pouco mais tarde. E depois veio uma ambulância. E depois veio uma procissão de outros veículos, um caminhão da companhia de eletricidade, outros carros; eles estacionaram todos tortos ao longo do caminho estreito e íngreme. Pessoas desapareceram na floresta, na direção da subestação, e voltaram. Desconhecidos estavam na cozinha, usando o telefone.

De repente, havia tanta gente. Aquele lugar, que sempre tinha sido deserto, onde ninguém além da família jamais colocava os pés, agora estava lotado de gente e todos queriam entrar nele, tornar o seu crime real com tantas perguntas.

Ele voltou a fazer caminhadas.

Do consultório da terapeuta pelos antigos pedágios ao sul, cruzando pontes, através dos becos desertos de Gamla Stan e ao longo dos cais, até chegar ao centro. Ele caminhou até a noite de verão cair, e agora está passando pela entrada do metrô com a escada rolante quebrada mais uma vez, os cafés da calçada onde ele se sentava e bebia com a mãe. Quando chega à porta do apartamento da mãe, os irmãos estão lá a sua espera.

— Você estava chorando? — Nils pergunta.

— Não, não — Benjamin responde.

Eles entram no hall do elevador, depois sentem o corpo um do outro no silêncio da cabine. A plaquinha com o nome da mãe já foi removida. É um detalhe cruel que, de modo geral, está alinhado com todo o contato que Nils teve com o senhorio. Dois dias depois de informar sobre a morte da mãe e avisar que eles queriam encerrar o aluguel, Nils recebeu uma mensagem de texto do senhorio dizendo que tinham feito uma inspeção no apartamento e descobriram que não apenas "cheirava a fumaça" — como Nils tinha afirmado ao descrever a condição em que se encontrava —, mas seria considerado "avariado pela fumaça" e precisava ser higienizado imediatamente. O apartamento tinha de ser esvaziado mais cedo que o planejado, e é por isso que os irmãos estão aqui agora, no meio da noite, na véspera do enterro da mãe, para resgatar algumas das últimas memórias dela antes de o apartamento ser limpo amanhã e tudo desaparecer.

Nils destranca a porta e sai acendendo as luzes; o apartamento começa a brilhar. A mãe só comprava luminárias dos anos 50 e colocava sobre todas as superfícies imagináveis; todas essas fontes de luz em marrom, amarelo e laranja banham o apartamento em uma luminosidade reminiscente do sol do anoitecer em um cais de porto em junho. Os irmãos lentamente percorrem o apartamento para encontrar coisas para lembrar a mãe, mas Benjamin fica parado no corredor. Ele olha para os irmãos, observa a busca tímida deles pelas estantes de livros e gavetas de cômodas vazias e percebe que eles o fazem pensar em suas versões mais novas na Páscoa: menininhos de pijama à caça de ovos de chocolate que o pai escondia na mobília. Nils encontra uma esculturazinha de madeira e tira da prateleira. Pierre avista os álbuns de fotos da mãe e se senta no chão da sala; imediatamente absorto, ele já esqueceu o que estão fazendo ali.

— Olhe isto aqui — ele diz para Nils e ergue uma das fotos. Nils dá risada e se senta ao lado do irmão. Eles ficam lá sentados no chão, só de meias. Feito crianças em um corpo grande demais, como se tivessem se tornado adultos apesar de si mesmos, e olham maravilhados para fotografias deles quando eram crianças, tentando entender o que aconteceu. Benjamin vai para a cozinha. Algo se esmaga embaixo de seu pé, manchas de marmelada brilhando suaves à luz da luminária de teto. Pequenos acenos da mãe em todo lugar, marcas de dentes nos lápis afiados, apontados a faca na mesa da cozinha. As panelinhas com a parte de baixo branca, com leite queimado ao longo das décadas. Batom na beirada da xícara de café na pia. Um único prato com uma mancha de molho de tomate. Ele abre a geladeira e mais uma fonte de luz amarela espalha seu brilho pelo chão da cozinha, as prateleiras da porta cheias de remédios, pequenos frascos com folhetos de informações presos nas laterais, cartelas de comprimidos de plástico branco, pacotinhos de alumínio e triângulos vermelhos mandando sinais para o aposento. A presença da mãe é total, e, à medida que ele vai remexendo nos itens, sente-se culpado por estar fazendo isso sem pedir permissão primeiro. Ele abre o congelador. Absolutamente todas as prateleiras estão cheias de pacotes de pierogi em porção individual. Foi uma medida de emergência adotada pelos irmãos mais ou menos um mês antes, para fazer a mãe comer mais. Levaram a mãe ao supermercado, foram até a seção dos congelados para despertar o entusiasmo dela, mostraram várias refeições diferentes. Ela só quis pierogi, um tipo de pastelzinho cozido, típico do Leste Europeu.

— Você não pode comer só pierogi — Nils disse.

— Claro que posso.

Foram para casa com três sacolas cheias de pierogi, e, enquanto iam guardando tudo no congelador, a mãe ficou parada ao lado, dizendo "Delicioso" e "Fantástico" a cada caixa nova que enfiavam lá dentro. E ele se lembra das mensagens que mandava toda noite, quando ela fazia o relato de seu consumo: "Foi um dia de dois pierogi!", em pequenos ataques de querer tranquilizá-los. No entanto, exatamente com a mesma frequência, ela queria irritá-los. Usava a saúde como modo de controlá-los.

— Estou pesando quarenta quilos! Igual a um leitãozinho.

— Tem bastante comida aqui — Benjamin diz para o apartamento, e Nils e Pierre se levantam e vão até a cozinha.

— Uau — Nils exclama. — Vamos dividir por três?

— Como assim? — Pierre pergunta.

— Será que a gente divide os pierogi? — Nils pondera.

— Está dizendo que quer levar a comida da mãe para casa e comer? — Pierre lança. — É sério?

Nils pega uma caixa e mostra a Pierre.

— Tem vinte quilos de comida no congelador — ele explica. — É tudo novo e fresco. Quer que a gente simplesmente jogue fora porque nos lembra a mãe ou algo assim?

— Não, tudo bem, mas pode ficar com tudo — Pierre oferece.

— Estou dizendo que não quero tudo. Podemos dividir.

— Eu não preciso.

Pierre se afasta, e Nils o observa quando entra no banheiro. Nils e Pierre fizeram pequenas pilhas no chão da sala. Algumas peças de porcelana, uma tigela, um pequeno porta-retrato. Na pilha de Pierre, Nils vê o pote de troco da mãe, que é um pote de geleia que ela lavou e colocou sobre a mesa para juntar o troco que levava para casa. O pote está cheio de moedas e tem também uma ou outra nota. A ideia era que os irmãos se juntassem ali para resgatar itens de valor sentimental. Pierre está levando dinheiro.

— Posso ficar com isso? — Pierre pergunta do banheiro. Está segurando uma cartela de comprimidos de sonífero da mãe.

— Pode pegar — Nils responde.

Ele larga o pacote na pilha dele. Benjamin olha para o pote de dinheiro mais uma vez. Uma sensação da infância, algo injusto entre os irmãos. Ele tem vontade de comentar com Pierre que aquele não é um artefato que ele deveria levar para casa, é dinheiro. É a herança deles. Mas ele não é capaz de prever a reação de Pierre, faz muito tempo que não conhece mais o irmão do avesso. Ele olha para os irmãos enquanto circulam pelo apartamento. Todos os anos que passaram uma quantidade mínima de tempo juntos, e agora esse contato intenso, com uma pressão constante em sua base. Ele não sabe como os irmãos são na verdade, além do nível prático. Não é capaz de imaginá-los fora do contexto da morte da mãe. Ele se lembra de uma vez quando marcou de se encontrar com eles, no aniversário de morte do pai. Tinham se postado ao lado do túmulo dele por um momento, em silêncio, e depois se sentaram em uma padaria para tomar um café e comer um doce. Benjamin perguntou se os irmãos estavam bem, e eles deram uma resposta seca e descompromissada, afirmações rápidas entre mordidas, e Benjamin disse a eles pela primeira vez que não andava bem. Eles expressaram solidariedade, claro, mas estava claro que não queriam falar sobre o assunto. Benjamin contou que se achava um adulto triste por causa das coisas que tinham acontecido com todos eles na infância.

Com isso, Pierre deu risada e falou:

— Eu vou assobiando para o chuveiro todas as manhãs.

Talvez fosse verdade, talvez Pierre faça isso mesmo. Talvez ele seja o único dos irmãos que não tenha se recuperado. Talvez seja por isso que estar perto deles o faça se sentir tão péssimo ultimamente? E, de certo modo, eles trocaram de papel. Quando eram crianças, eram sempre ele e Pierre; Nils ficava de lado, ou três metros atrás. Ele se lembra de uma vez quando eram pequenos, acomodados no carro, todos os três, e Nils achou um pedaço de chiclete mascado que um dos irmãos tinha colado nas costas do assento da frente. Ele pegou uma caneta e começou a remexer, soltou do assento e enfiou na boca. Benjamin e Pierre olharam para ele cheios de nojo, então se entreolharam e fizeram caretas discretas, como tinham feito tantas vezes antes, e Nils disse com toda a calma:

— Vocês acham que eu não estou vendo o que vocês estão fazendo?

Talvez ele estivesse imaginando, mas, na última semana, sentira como se os irmãos o tivessem transformado na mesma coisa, que agora eram eles trocando olhares que não eram direcionados a ele.

— Ai, meu Deus!

É Nils, berrando do quarto.

Pierre e Benjamin vão até ele. Está parado ao lado da pequena escrivaninha da mãe, que fica de frente para a janela. Ele abriu a gaveta de cima. Segura um envelope nas mãos e estende para eles, com a letra inconfundível da mãe. Diz: *Se eu morrer*.

Eles se sentam lado a lado na cama da mãe, três irmãos enfileirados, e leem a carta.

Para os meus filhos.

Enquanto eu escrevo esta carta, Molly está completando vinte anos. Fui ao memorial, levei uma flor. Sempre fica mais aparente na época do aniversário dela, ou quando o aniversário da morte dela está se aproximando. Eu tenho uma vida paralela com ela. Quando ela fez sete anos, comprei um bolo e comi no parque e consegui imaginá-la na minha frente, dando voltas em mim, feliz e desequilibrada em cima de uma bicicleta, com o vento soprando o cabelo dela. Quando ela se tornou adolescente, eu às vezes imaginava que conseguia vê-la através da fresta da porta do banheiro. Eu a observava em segredo enquanto ela passava maquiagem, inclinada perto do espelho, toda concentrada. Ela ia sair com amigos.

Continuo a ser mãe em silêncio. Eu li que isso é normal, então me permito. Não é triste, talvez seja o oposto. Eu consigo recriá-la com tantos detalhes que passa a ser verdade. Eu posso voltar a ser a mãe da minha filha mais uma vez, ainda que seja só um pouquinho.

Me disseram que o luto era um processo, com fases. E que a vida me aguardava do outro lado. Não a mesma vida, claro, mas uma vida diferente. Não era verdade. O luto não é um processo, é um estado de ser. Fica sempre igual, entalado ali, parecendo uma pedra.

E o luto deixa a gente muda.

Pierre e Nils. Foram tantas vezes que eu tive a intenção de conversar com vocês que, no fim, achei que tivesse conversado de verdade. Devo ter conversado. Que tipo de mãe não conversaria? Sinto muito por tudo que eu nunca disse.

Benjamin. Você teve de carregar o fardo mais pesado. Eu me sinto mais triste por você. Nunca te culpei, nem uma vez. Só não consegui dizer isso para você. Se, na minha mudez ao longo dos anos, eu tivesse conseguido dizer alguma coisa, teria sido o seguinte: A culpa não foi sua.

Às vezes eu observo você quando nós estamos juntos. Você está parado um pouco de ladinho, geralmente em um canto, observando. Você sempre foi o observador e ainda tenta se responsabilizar pelo restante de nós. Às vezes eu também imagino coisas a seu respeito, sobre como você teria ficado se aquilo não tivesse acontecido. Eu sempre penso naquela tarde quando você saiu da floresta com a

Molly no colo. Eu tenho lembranças tão claras, da bochecha fria dela, dos cachos ao sol. Mas não consigo enxergar você em lugar nenhum na minha frente. Eu não sei para onde você foi, eu não sei quem cuidou de você.

Eu não tenho testamento porque não tenho nada para passar adiante. Eu não me importo com os detalhes em torno da minha morte. Mas eu de fato tenho um último pedido. Me levem de volta à casinha. Espalhem as minhas cinzas na beira do lago.

Mas não quero que façam isso por mim — eu sei que abri mão de qualquer direito de pedir coisas para vocês todos. Quero que façam isso por vocês. Entrem no carro, façam o caminho mais longo. É assim que eu quero imaginar vocês, juntos. Todas aquelas horas no carro, na solidão à beira do lago, na sauna ao anoitecer, quando é só a gente e ninguém mais está escutando. Quero que vocês façam o que nós nunca fizemos: conversem entre si.

Só estou permitindo que vocês leiam isto depois que eu morrer porque tenho medo de que pensem que o que eu fiz com vocês não possa ser perdoado. Eu não sei, mas será que podemos apenas fingir que eu posso estar com ela agora? Que eu posso voltar a abraçá-la? E que vocês vão chegar mais tarde, e daí eu vou ter uma nova chance de amar vocês.

Mãe

Nils coloca a carta no colo. Pierre se levanta de repente, vai até a sacada, apalpa os bolsos em busca de cigarros enquanto caminha. Os dois irmãos vão atrás dele, devagar. Ficam lá parados, lado a lado, aqueles que sobraram, olhando para a cidade adormecida. Pierre está fumando com força, o cigarro é uma ponta reluzente na escuridão. Benjamin estende a mão para pegar o cigarro e Pierre entrega a ele. Ele dá um trago, passa para Nils. Pierre dá risada. O sorriso suave de Nils à luz fraca. Deixam o cigarro ir passando de mão em mão, se entreolham ali na sacada e não precisam conversar agora, um leve aceno com a cabeça, ou talvez só a ideia de um aceno. Eles já sabem, já têm a viagem dentro de si, como se já tivesse acontecido, a viagem que tem de levá-los ao ponto de impacto, passo a passo, de volta através da própria história, para sobreviver uma última vez.

Agradecimentos

Desde que comecei a escrever, meu sonho era um dia ter um livro publicado nos Estados Unidos. Tenho que agradecer a muita gente pelo fato de aquele sonho longínquo ter se tornado realidade.

Em primeiríssimo lugar, agradeço a Daniel Sandström, meu editor na Albert Bonniers Förlag, na Suécia. Não é pouco conhecer uma pessoa com quem a gente se identifica assim tão de imediato. Teve até algo de misterioso nisso. Como se nos conhecêssemos há muito mais tempo, como se conversássemos sobre leitura e literatura desde que éramos jovens. Também quero agradecer à minha editora, Sara Arvidsson, que tem sido uma força generosa durante todo o nosso trabalho neste livro. Sempre fui detalhista demais com o texto; eu gosto da ideia de que uma peça de escrita nunca realmente está acabada, jamais, que sempre há algo ainda a ser feito. E encontrei uma semelhante em Sara, que é ainda mais meticulosa do que eu.

Também tive a enorme sorte de estar rodeado de amigos que se ofereceram para ler meu trabalho em andamento. Quero indicar um amigo em particular: Fredrik Backman. Não sei quantas horas eu sequestrei do tempo dele durante o processo de escrita deste romance. Cem? Duzentas? O fato de o próximo livro dele estar um pouquinho atrasado pode ser minha culpa. Também quero agradecer a Sigge Eklund, Calle Schulman, Klas Lindberg, Josefine Sundström, Magnus Alselind e Fredrik Wikingsson.

Quero agradecer ainda à minha agente, Astri von Arbin Ahlander, da Ahlander Agency. Todos os escritores da Suécia querem trabalhar com Astri, mas é difícil ela querer trabalhar com alguém. Portanto, fico grato por ela ter acreditado em mim e na minha escrita. Astri também mudou para sempre a minha visão do trabalho do agente. Eu achava que o agente mascateasse títulos em feiras literárias e que fosse só isso. Bom, Astri realmente fez isso (o fato de o livro agora estar em tantos países é exclusivamente obra dela e de sua equipe), mas ela também é uma das leitoras mais perceptivas que eu conheço, e as ideias que ela teve a respeito deste livro durante todo o processo de escrita foram absolutamente inestimáveis.

Também quero agradecer a Lee Boudreaux, da editora Doubleday, que acolheu os irmãos no coração e lhes deu um lar nos Estados Unidos. Ela tem um tipo de entusiasmo que eu nunca encontrei no mercado editorial, que, aliás, é super-reservado. Particularmente, sempre gostei de escrever em caixa-alta e de adicionar um rabicho de pontos de exclamação... e Lee é ainda mais entusiasmada do que eu!!!

Por fim, quero agradecer à pessoa mais importante para mim, minha mulher, Amanda. Ela é a minha primeira e última leitora. Não entrego uma única linha ao mundo sem que ela tenha lido antes. Não consigo fazer nada sem ela, nem na vida, nem na escrita.

Impresso no Brasil pelo Sistema Cameron da Divisão Gráfica da
DISTRIBUIDORA RECORD DE SERVIÇOS DE IMPRENSA S.A.